Bad Boss Xmas

Anabelle Wildbuch

Per Mail: Cleo_Lavalle@yahoo.de
Bei Facebook unter Anabelle Wildbuch oder Cleo Lavalle

Impressum:
Johannes Zum Winkel
Kreativberatung
Otto-Kraus-Str. 10
90411 Nürnberg

Cover: **Antoneta Wotringer Grafikdesign**
www.antoneta-design.com
unter Verwendung von depositphotos, 39193321, kiuikson

Merry Xmas?

„Ich bin doch keine, keine ...“

Das Wort war so schlimm, dass ich es nicht einmal aussprechen mochte.

„Keine ... Hure?“, fragte er kalt lächelnd. „Keine Angst, Sweety. Ich werde dich nicht anrühren.“

Als er das sagte, taxierte er mich mit seinem Blick von oben bis unten, ließ ihn wieder hoch zu meinem Gesicht wandern und grinste dabei so abfällig, dass ich ihm am liebsten eine geknallt hätte.

„Für so etwas bist du doch gar nicht mein Typ.“

Ich hob meine Fäuste, um auf ihn loszugehen.

Allerdings nur in meiner Vorstellung. Denn es würde sowieso nichts nutzen und außerdem ... Brandon Cooper war mein Boss.

„Spar dir deine Leidenschaft lieber für deinen Job, Sweety“, sagte er und lachte unverschämt. „So eine lausige Assistentin wie dich hatte ich noch nie.“

„Dann kann ich wohl kaum die geeignete Begleiterin für Sie sein, Mr. Cooper“, antwortete ich mit eisiger Stimme.

Obwohl es in der Agentur gang und gäbe war, sich beim Vornamen zu nennen, blieb ich stur dabei, ihn mit „Mr. Cooper“ anzusprechen.

Mit einem Kerl wie meinem Boss wollte ich mich nicht verbrüdern.

„Du bist der Typ nettes Mädchen von nebenan. Auf so etwas stehen meine Eltern. Wenn du dich gut anstellst, bekommst du einen Vertrag mit einem Gehalt, das deinen beruflichen Fähigkeiten mehr als gerecht wird, und eine schöne Prämie obendrauf. Falls nicht ...“, er zeigte mit der Hand in Richtung Ausgang, „ist dort die Tür.“

Vielleicht will ich gar keine Festanstellung bei einem Ekelpaket wie Ihnen.

Am liebsten hätte ich ihm das in seine arrogante Visage geschrien.

Ein Fitzelchen Vernunft hielt mich davon ab. Außerdem entsprach es nicht der Wahrheit. Ich würde alles dafür tun, eine Festanstellung zu bekommen. Denn ohne diesen Job könnte ich mich gleich morgen früh in ein Flugzeug setzen und nach Hause fliegen. Dann würde mein Traum, in meiner Lieblingsstadt zu arbeiten und zu leben, wie eine Seifenblase zerplatzen.

„Also, Sweetheart“, sagte er und holte eine Kreditkarte aus seiner Brusttasche. „Du wirst dich bei Neiman Marcus für die Weihnachtstage einkleiden. Lässiger Chic für tagsüber, klassische Eleganz für abends, an Heiligabend etwas Langes. Ganz schlicht. Nicht zu sexy, aber da besteht bei dir sowieso keine Gefahr, kein Glitzer oder Ähnliches. Verstanden?“

Er sah mich streng an.

Ja, ja ... Alter Geldadel von der Gold Coast.

Da hatte man es nicht nötig, zu zeigen, was man besaß oder gar damit zu protzen. Schon gar nicht mit billigem Glitzer. Man setzte auf Understatement.

Das hatte er letztens einem Mitarbeiter um

die Ohren geknallt. Keine Ahnung, warum. Aber er haute ja öfter Sprüche raus, ohne dass ich verstand, was er eigentlich wollte. Dass mein amerikanisches Englisch nicht so gut war, wie es hätte sein sollen, hatte mir schon fast das Genick gebrochen.

„Verstanden“, sagte ich und verdrehte genervt die Augen.

„Geld spielt keine Rolle. Aber deine Wirkung muss stimmen. Für meine Eltern bist du in den USA, um in meinem Unternehmen ein Praktikum zu absolvieren. Das ist so nah an der Wahrheit, dass selbst du das hinbekommen wirst. Hol dir Kleider, Schuhe und was du für drei bis vier Tage brauchst, um als Tochter vermögender Eltern durchzugehen. Die Sachen darfst du behalten.“

Wie gnädig! Was sollte ich in der Miniwohnung auf dem Land mit lässigem Schick und klassischer Eleganz anfangen? Das war doch sowieso nicht mein Stil.

Er drückte mir die Kreditkarte in die Hand.

„Falls du klug bist, schöpfst du die fünftausend Dollar aus“, sagte er.

Dann drehte er sich um und ließ mich mit offenem Mund stehen.

Fünftausend Dollar!

Ich konnte es nicht glauben. Davon könnte ich mir ein gebrauchtes Auto kaufen, nach New York fliegen, nach San Francisco und Los

Angeles. Damit könnte ich der Einöde im Vorort entfliehen und endlich das tun, wofür ich hergekommen war: Mir endlich alles anschauen!

Stattdessen musste ich mir Klamotten besorgen, die ich gar nicht wollte.

Und wenn ich in einen günstigeren Laden gehe und den Rest anderweitig verwende ...

Denk nicht mal dran!

Mit der Kreditkarte konnte er jeden einzelnen meiner Schritte verfolgen.

Verdammt!

Ich schlüpfte ich in meinen Wintermantel, band mir meinen dicken Schal um den Hals und zog ihn ein Stück hoch über das Kinn. Draußen stürmte es schon den ganzen Tag und der Himmel war grau verhangen.

Heute wird es noch Schnee geben.

Wenn ich nur an die lange Heimfahrt hinaus nach Arlington Heights dachte, wurde mir ganz anders. Ich war jeden Morgen und Abend jeweils eineinhalb Stunden unterwegs. Aber falls es wieder dicke kam, blieb der Zug im Bahnhof stehen und ich konnte sehen, wo ich übernachtete. Das war mir vor ein paar Tagen passiert, als wegen eines Blizzards der Notstand ausgerufen wurde. Die unerwartete Übernachtung in einem Hostel hatte meine Geldbörse leergefegt.

Ich schob meine sorgenvollen Gedanken beiseite und hastete, so schnell es auf den hohen Hacken ging, die Michigan Avenue hinunter, während der Wind an mir zerrte und meine langen, lockigen Haare durcheinanderwirbelte. Neiman Marcus. In diesen Nobelladen hätte ich mich niemals hineingetraut. So viel ich wusste, gab es dort nur überteuerte Designermode.

Also genau das Gegenteil von dem, was ich sonst trug.

Ich schaute nach oben. Der Himmel verdunkelte sich immer mehr. Aber die kahlen Bäume hingen voller Lichter, die gefährlich im Wind schaukelten. An allen Ecken standen überdimensionale Weihnachtsbäume, an denen es bunt blinkte. Die ganze Stadt erstrahlte in weihnachtlichem Glanz.

Ich liebte es, in dieser Stadt zu sein. Und ich wollte und würde hierbleiben.

Ich ballte meine Hände zu Fäusten.

Komme, was wolle!

Kurz darauf betrat ich durch die Drehtür den riesigen Laden, ordnete meine zerzausten Haare, strich den Mantel glatt und ... hätte am liebsten wieder umgedreht.

Gut zwei Stunden später stand ich mit mehreren Tüten vor der Eingangstür. Der Wind sauste mit solch einer Macht auf mich zu, dass es mir den Atem nahm. Tatsächlich wehte es inzwischen große Flocken vom Himmel. Mich fröstelte, obwohl ich mich erhitzt fühlte.

Dieser Einkauf war anstrengend gewesen! Nachdem ich erst einmal orientierungslos durch sämtliche Abteilungen geirrt war, hatte mich eine Verkäuferin unter ihre Fittiche genommen und mir das verkauft, was hoffentlich genau das Richtige für Mr. Bad Boss und seine vornehme Familie war.

Ich sah auf mein Smartphone. Zum Glück war es jetzt spät genug, dass ich direkt zum Bahnhof eilen und nach Hause fahren konnte. Ich ging noch einmal durch die Drehtür ins Warme, holte meine Sportschuhe aus der Handtasche, zog sie an, und machte mich auf den Weg.

Der Schnee prallte eisig auf meine Wangen. So schnell es mit den schweren Papiertüten möglich war, hastete ich zur Haltestelle der Elevated und lief die Treppe nach oben, um zur Hochbahn zu kommen. Hier wehte der Wind noch ein wenig stärker und zerrte an meinem Mantel.

Ich hatte das Gefühl, jeden Moment abzuheben.

Instinktiv griff ich nach dem Geländer, um mich irgendwo festzuhalten, und glaubte, augenblicklich daran festzukleben.

Sollte ich vielleicht doch ein Taxi nehmen?

Bad Cooper würde sich garantiert kaputtlachen, wenn er mich so sehen könnte: Beladen wie ein Packesel mit den Klamotten, die ich für *sein* Familienfest brauchte, und vor Kälte zitternd auf einem eisigen Bahnsteig, um nicht ein paar Dollar seines Millionenvermögens zum Fenster hinauszuwerfen.

Ich schüttelte den Kopf.

Das musste ich mir jetzt echt nicht geben.

Ich machte mich wieder auf den Weg nach unten und hob den Arm, um ein Taxi anzuhalten.

Nicht einmal eine Minute später saß ich in

einem warmen Wagen, nannte dem Fahrer die Adresse und seufzte zufrieden auf.

Ich wäre viel lieber im Sommer hergeflogen. Doch es gab nur zwei Optionen: Jetzt oder nie. Also hatte ich mich übereilt in ein Flugzeug gesetzt, um in diese Stadt zu kommen, die so wunderschön in weihnachtlicher Beleuchtung erstrahlte.

Der Anblick ließ mich fast vergessen, dass ich mich im Vorort so einsam fühlte wie ein ausgesetzter Hund.

Das Taxi fuhr Richtung Nord-Westen, um auf den Highway zu kommen. Wie gerne würde ich in den angesagten Vierteln Wicker Park oder Bucktown wohnen. Dort gab es kleine Cafés und hübsche Läden und überall wohnten junge Leute.

Doch Mr. Bad hatte mir meine Unterkunft kostenlos zur Verfügung gestellt und so hatte ich keine andere Wahl gehabt. Ich hatte durch mein Studium wenig Gespartes und davon war ein Großteil für den Flug draufgegangen. Essen musste ich ja auch noch etwas.

Ein Gehalt stand mir als Praktikantin nicht zu. Mein Boss gab mir trotzdem ein Taschengeld, wie er es so schön genannt hatte. Doch sobald ich eine Festanstellung hatte, würde ich mir eine kleine Wohnung leisten können.

Vielleicht sogar in Wicker Park oder Bucktown.

Bei dem Gedanken wurde mir ganz kribbelig zumute. Wie schön wäre es, wenn ich mich jetzt für eine Suppe und ein Sandwich irgendwo an einen kleinen Tisch setzen könnte, um das Geschehen um mich herum zu beobachten. Vielleicht würde ich sogar ein paar nette Leute kennenlernen, mit denen ich etwas unternehmen konnte. Mal ins Kino gehen, am See entlangspazieren, einen der legendären Blues-Clubs besuchen, die es überall in Chicago gab.

Mit dieser Aussicht auf Veränderung konnte ich leichter in den sauren Apfel beißen und die wenigen Tage mit Mr. Cooper verbringen. Schon alleine die Tatsache, dass ich dann Weihnachten oder Christmas, wie das hier hieß, nicht einsam in dem Vorort sitzen musste, war es wert, die Zähne zusammenzubeißen.

Mir kamen die Bilder vergangener Weihnachtsfeste in den Sinn. Wie ich mit meiner Familie vorm Weihnachtsbaum gesessen hatte, wie wir zusammen Lieder gesungen und Würstchen mit Kartoffelsalat gegessen hatten und später in die Kirche gegangen waren.

Sofort sprangen mir Tränen in die Augen.

Ich wischte sie schnell weg und zog die Nase hoch.

Heulsuse!

Ich hatte es ja so gewollt. Über ein Jahr hatte ich darauf hingearbeitet, nach Chicago zu kommen. Und dann plötzlich hatte ich die Aufenthaltsgenehmigung in der Hand gehalten und der einzige Haken an der Sache war, dass sie an diesen Job gebunden war.

Würde ich ihn verlieren, müsste ich raus aus dem Land.

Und somit hat Mr. Bad ein Druckmittel gegen mich in der Hand.

Mir zog es den Hals zu.

Hatte er deshalb gerade *mich* für sein Schwindelspiel ausgesucht? Weil ich die bequemste Lösung für ihn war?

„Du bist der Typ nettes Mädchen von nebenan. Auf so etwas stehen meine Eltern“, hatte er gesagt.

Aber machte mich das auch zur perfekten Freundin eines erfolgreichen Mannes?

Ich schüttelte den Kopf.

Seit ich in seiner Beratungsagentur als Praktikantin und persönliche Assistentin arbeitete, verging kaum ein Tag, an dem nicht eine Frau anrief und er sich verleugnen ließ. Sein Frauenverschleiß schien enorm zu sein. Aber bei seinem Aussehen konnte er wohl jede haben, und er lebte offensichtlich ganz nach dem Motto: Benutzen und wegwerfen.

Widerlich!

Warum nahm er nicht eine seiner Bettgespielinnen? Die würden sich bestimmt darum reißen, sexy Brandon zu seinen Eltern begleiten zu dürfen.

Das wird wohl der Grund sein! Die kriegt er dann nicht mehr los.

Ich musste lachen. Das sah ihm doch wieder ähnlich.

Mal schnell die Praktikantin nehmen, die hat ja eh nix zu melden.

Egal! Ich würde diesen Job übernehmen und alles so gut machen, wie ich es eben konnte. Wenn ich nur immer an mein Ziel dachte, bekam ich es auch hin!

Trotzdem zog sich mein Magen zusammen.

Ich seufzte und sah aus dem Fenster. Überall war weihnachtliche Deko angebracht. Es blinkte und leuchtete aus den Wohnungen, von den Balkonen, aus den Straßen.

Morgen war noch einmal ein normaler

Arbeitstag für mich, abends musste ich packen und wenn die Kollegen am Vormittag des Heiligabends in der Agentur schuften würden, wäre ich schon auf dem Weg zu Mr. Bad, um mit ihm nach ...

Wohin eigentlich? Das hatte er mir noch gar nicht verraten. Aber war es nicht egal, wohin wir fuhren? Jedes Ziel mit ihm würde unangenehm für mich werden, denn ich würde mit Leuten aus einer Gesellschaftsschicht konfrontiert werden, die mir gänzlich fremd war.

Wahrscheinlich werde ich von einem Fettnäpfchen ins nächste tappen.

Und immer Mr. Bad Boss an meiner Seite, der mich mit seinem kalten Blick beobachten würde.

Mir wurde irgendwie übel bei diesem Gedanken.

Abgefahren

Die Firma von Mr. Bad Boss befand sich in der obersten Etage eines Wolkenkratzers mitten in Downtown. Alles war minimalistisch und sehr stylisch mit Metall und Glas eingerichtet. Nur die Holzböden gaben den Räumen eine gewisse Wärme. Aber wenn man an den bodentiefen Fenstern im riesigen Büro von Brandon Cooper stand, lag einem die ganze Stadt zu Füßen. Als ich diesen Ausblick das erste Mal gesehen hatte, hätte ich am liebsten vor Begeisterung gejubelt.

Das war natürlich nicht möglich gewesen, denn Mr. Bad hatte vor mir gestanden und mich kritisch mit seinem eisigen Blick taxiert. Seltsamerweise hatten seine Augen für den Bruchteil einer Sekunde aufgeleuchtet. So, als würde er mich wiedererkennen.

Aber dann hatte er irritiert den Kopf geschüttelt, als würde er sich über etwas wundern, das nicht greifbar war, und schon schickte er mich hinaus in das Vorzimmer an meinen Arbeitsplatz.

Dort gab es natürlich die gleichen riesigen Fenster, doch der Blick zeigte nur auf den Michigansee, der in seiner endlosen Weite wie ein Meer wirkte.

Wenn Brandon Cooper, wie es sehr oft der Fall war, nicht in seinem Büro saß, stand ich oft an einem seiner Fenster und schaute hinab auf die anderen Wolkenkratzer und das Gewusel in den Straßen, das von hier aus ganz weit weg war.

Chicago war wirklich eine aufregende Stadt mit wunderschönen Gebäuden und wenn nicht gerade ein Blizzard blies oder es schneite, schien die Sonne von einem strahlendblauen Himmel. Aber am schönsten war der Blick in der Abenddämmerung, sobald nach und nach die Lichter der Stadt angingen. Dann war der Ausblick überwältigend.

Ich zuckte zusammen und wirbelte herum, weil hinter mir die Tür aufgerissen wurde.

„Wo ist Brandon?"

Vor mir stand eine Blondine mit ewig langen Beinen, die das knappe Kleid, das sie trug, kaum bedeckte, und die geschminkt war, als würde sie auf den Kriegspfad gehen. Sie sah so aus wie alle Frauen, die ich bisher in Mr. Coopers Büro gesehen hatte. Und es waren in der kurzen Zeit, die ich in seinem Vorzimmer saß, ziemlich viele gewesen.

„Wer sind Sie?", fragte ich höflich, aber distanziert.

Sie funkelte mich böse an.

„Und Sie?"

Ich verdrehte die Augen. Dass ich keines seiner Betthäschen war, sah man doch auf den ersten Blick! Braune, lockige Haare, fast ungeschminkt, klassischer Hosenanzug. Absolut unauffällig und absolut nicht sein Beuteschema!

„Seine Assistentin. Wie kann ich Ihnen helfen?"

Ich schenkte ihr sogar ein freundliches Lächeln, als ich sie das fragte. Sie hatte es sicher nicht leicht mit ihm. War sie doch nur eine unter vielen.

„Wir sind zum Dinner verabredet“, sagte sie und reckte ihr Kinn.

„Dann wird Mr. Cooper sicher jeden Moment erscheinen. Darf ich Sie nach draußen bitten, um dort Platz zu nehmen?“

Die Blonde warf ihr langes Haar in den Nacken. Sie sah mich giftig an, als hätte ich ihr eine Kampfansage gemacht.

„Ich bin eine Freundin von Brandon und werde natürlich *hier* warten.“

Eine Freundin ... genau das war sie. Mit Betonung auf *eine*.

„Dennoch darf ich Sie bitten, draußen Platz zu nehmen“, sagte ich und versuchte, soviel Dominanz in meine Stimme zu legen, dass sie ihre langen Beine in Gang setzte und sich nach draußen begab.

„Von einer kleinen ...“

Sie schien nach dem richtigen Wort zu suchen.

„Von einer wie Ihnen lasse ich mir nichts befehlen.“

„Ganz wie Sie wünschen“, antwortete ich. „Dann nehmen Sie eben hier Platz.“

Ich würde mich garantiert nicht mit ihr anlegen. Wenn Mr. Cooper seine Frauen nicht im Griff hatte, war das nicht mein Problem.

Die Blonde ließ sich auf einem der beiden Sofas nieder und schlug ihre Beine übereinander.

„Bringen Sie mir einen Kaffee“, sagte sie. „Mit zwei Stück Zucker und einem Schuss Milch.“

Ich presste die Lippen aufeinander, um nichts Böses zu sagen.

Dann holte ich tief Luft.

„Tut mir sehr leid! Aber ich nehme Anweisungen ausschließlich von Mr. Cooper entgegen."

Wie auf ein Stichwort stand er in der offenen Tür und schoß einen bösen Blick in meine Richtung. Dann wandte er sich der Besucherin zu.

„Wer hat dir erlaubt, mein Büro zu betreten?"

Die Blondine sprang sofort auf und senkte ihren Blick. Dann hob sie den Kopf, lächelte meinen Boss verführerisch an, ging mit kleinen Schritten auf ihn zu und wiegte sich dabei in den Hüften, als wäre sie auf der Tanzfläche.

„Darling!", sagte sie dabei. „Wir wollten doch essen gehen."

Ihre Stimme klang so honigsüß, dass ich befürchtete, sie würde an meinem Boss kleben bleiben, wenn sie ihn anfasste.

Auf so etwas fährt er also ab.

Seine Miene verzog sich, als hätte er etwas Widerliches im Mund, das er am liebsten auf den Boden spucken würde.

„Da hast du dich getäuscht!"

Und schon war es auf dem Boden gelandet.

„Aber Darling ..."

„Du weißt, wo der Ausgang ist?", unterbrach er sie. „Oder soll ich dich begleiten?"

Seine Stimme hatte messerscharf geklungen.

„Aber Brandon ...", protestierte die Blondine. „Wir hatten doch so eine schöne Nacht miteinander. Was ist denn in dich gefahren?"

„Alles Schöne geht vorbei, Sweety!"

Das war dann wohl seine Standardanrede für alle Frauen.

Er ging auf die Blondine zu, packte sie am Arm und zog sie trotz ihres Protestes hinaus aus seinem Büro.

So also ging Bad Cooper mit Frauen um! Genau, wie ich es vermutet hatte: Benutzen und wegwerfen.

Die Blondine tat mir leid, obwohl ich mir sicher war, dass sie gewusst hatte, mit wem sie sich da einließ.

Trotzdem. So ging man nicht mit Menschen um!

Wie angewurzelt stand ich noch immer auf derselben Stelle, als er zurückkam.

„Sweety, hast du keine Arbeit, dass du hier in meinem Büro herumstehst?“, fragte er mit schneidender Stimme. „Dir wird doch nicht zu Kopf gestiegen sein, dass du für ein paar Tage meine Freundin spielen darfst?“

Garantiert nicht, Mr. Bad Boss!

Was bildete dieser Kerl sich eigentlich ein? Ja, er sah umwerfend aus. Er hätte direkt der Kinoleinwand entstiegen sein können mit seinen markanten Gesichtszügen, seinem Bartschatten, den blauen Augen und der einen Hauch zu großen Nase, die aber dafür sorgte, dass er unerhört männlich und sexy wirkte.

Brandon Cooper war kein Junge, sondern ein Mann, ein richtiger Kerl, um genau zu sein. Wären seine Augen nicht so eisig, hätte ich mich womöglich sofort in sein Aussehen ... nun ja ...

Gott behüte, dass ich mich jemals in einen Typen wie ihn verliebe!

Wenn wir zu Weihnachten in die Kirche gingen, würde ich eine Kerze dafür anzünden, dass ich mir von einem richtig netten Kerl den Kopf verdrehen ließ. Einem, der mich zu schätzen wusste und auf Händen trug. So, wie es bei meinen Eltern schon immer der Fall gewesen war.

„Nein, Mr. Cooper. Ich habe in der Tat nichts mehr zu tun und ihre Lügengeschichte wird mir garantiert nicht zu Kopf steigen“, sagte ich steif und wollte an ihm vorbei nach draußen gehen.

Doch er hielt mich am Arm fest.

„Kein Wort über unser spezielles Arrangement zu jemandem aus der Firma. Verstanden?“

Der immer mit seinem ‚Verstanden‘.

„Ich bin nicht taub, Mr. Cooper. Wenn Sie es mir einmal sagen, verstehe ich es.“

Mit einer arrogant nach oben gezogenen Augenbraue schaute er auf mich herab, denn er war einen Kopf größer als ich.

„Sweety, überschätz dich nicht“, sagte er mit einer so kalten Stimme, dass ich eine Gänsehaut bekam.

„Würden Sie bitte meinen Arm loslassen, Mr. Cooper? Und würden Sie mich bitte nicht immer *Sweety* nennen?“

Meine Stimme zitterte ein wenig, als ich das sagte.

Da grinste er hämisch, ließ mich los und wischte seine Hand an seinem Sakko ab, als hätte er sie sich an mir schmutzig gemacht.

Und so fühlte ich mich auch. Schmutzig.

Mit vor Zorn bebender Stimme sagte ich: „Ich denke, es ist besser, wir lassen das mit dem ...“, ich sah ihm so fest in die Augen, wie es mir möglich war, „mit dem *Arrangement*. Sie finden sicher jemanden, der eher dafür geeignet ist, sich von Ihnen wie ein Fußabtreter behandeln zu lassen.“

Ich straffte meine Schultern, ging an ihm vorbei nach draußen, packte meine Sachen in die Tasche und schluckte heftig, damit die aufsteigenden Tränen nicht aus meinen Augen schossen.

So sehr ich es auch liebte, hier zu sein ... Ich würde mich für dieses Privileg nicht so lausig behandeln lassen. Von niemandem!

Auf den Gängen war es leer und so verschwand ich ohne ein Wort des Abschieds von meinem Arbeitsplatz. Das war nicht schlimm, denn die Kollegen waren sowieso immer distanziert zu mir gewesen.

Ich gab am Empfang meinen Kartenschlüssel ab.

Die Kollegin sah mich verdutzt an. Doch ich sagte nur: „Bye!“, drehte mich um und ging davon.

Das war es dann, du schreckliches Ekelpaket!, dachte ich und merkte gar nicht, dass ich Brandon Cooper zum ersten Mal geduzt hatte.

Als ich im Zug saß, kam der Katzenjammer. Was hatte ich getan? Hätte ich ihn nicht einfach angrinsen oder ihm den Vogel zeigen können? Wieso hatte ich überhaupt zugelassen, dass er mich verletzen konnte?

Einer wie der!

Von so einem sollte ich mich echt nicht ins Bockshorn jagen lassen. Ich hätte seine Bemerkungen und alles andere auch an mir abprallen lassen sollen.

Oder ihn fragen, ob er Desinfektionsmittel bräuchte.

Ja, das wäre eine coole Reaktion gewesen. Da wären ihm sicher die Gesichtszüge entglitten.

Ich lachte so hysterisch auf, dass sich die Leute auf der Sitzbank vor mir umdrehten und mich irritiert ansahen.

„Are you okay, Pretty?“, fragte eine Frau.

Ich nickte und drehte schnell den Kopf zum Fenster.

Diesen Brandon Cooper kannst du ab jetzt für immer aus deinen Gedanken verbannen!

Ich hatte ja die Konsequenzen gezogen. Doch das Triumphgefühl vom ersten Moment war einer mittleren Verzweiflung gewichen. Denn ich würde mir schnellstmöglich ein Rückflugticket besorgen müssen. Selbst, wenn ich mein weniges Geld zusammenkratzte, würde es nicht reichen, um mir ein Zimmer in einem Motel zu mieten, da ich die Wohnung sicher sofort zu verlassen hatte.

Mir stiegen Tränen in die Augen. Schnell schluckte ich sie hinunter. Tränen brachten mich jetzt nicht weiter. Ich musste überlegen, wie ich heil aus dieser beschissenen Lage herauskam.

Vielleicht bekommst du für heute Abend oder morgen früh noch ein Ticket und kannst wenigstens Weihnachten zu Hause sein!

Dieser Gedanke fühlte sich gut an. Ich holte mein Handy aus der Tasche und loggte mich bei einer Billigflugbörse ein. Das Rückflugticket würden meine Eltern übernehmen.

Du hast noch ein bisschen Geld auf der Kreditkarte von Mr. Bad. Damit könntest du ja ...

Dass er sich ins Fäustchen lachen konnte? Die würde ich nicht mehr anrühren.

Da fiel mir ein, dass in meiner Unterkunft die Klamotten und Schuhe waren, die ich gestern mit seiner Karte bezahlt hatte.

Ich lasse den ganzen Kram einfach in der Wohnung liegen, wenn ich gehe!

24. Dezember, neun Uhr am Vormittag. Ich war schon wach, denn ich hatte in der Nacht sowieso kein Auge zugetan.

Mir war einfach zu viel im Kopf herumgespukt. Natürlich war so kurzfristig kein Flug zu bekommen gewesen. Ich würde am Heiligabend nicht zu Hause bei meiner Familie sein können, sondern stattdessen in diesem hässlichen Zimmer sitzen und hatte nicht einmal einen Fernseher, um mich ein wenig abzulenken.

Der Ebook-Reader würde mein einziger Begleiter durch die Weihnachtstage sein, die hier zum Glück nur bis zum fünfundzwanzigsten Dezember gingen.

Viel schlimmer jedoch war, dass ich mich für mein Versagen schämte. Nach gerade mal gut zwei Wochen wurde ich nach Hause geschickt. Wie ein Paket, auf dem stand: „Ungeöffnet zurück". Darüber würden sich garantiert einige Leute amüsieren.

Ich stöhnte gequält auf.

Das war es dann mit der großen Freiheit auf einem fremden Kontinent!

Das klingelnde Handy riss mich aus meinen Gedanken. Als ich auf das Display schaute, blickte mir die Visage von Mr. Bad entgegen.

Der will sicher wissen, wann ich die Klamotten und Schuhe zurückbringe.

Aber die konnte er sich selbst abholen.

Mit Widerwillen nahm ich das Gespräch an.

„Hallo?", fragte ich mürrisch.

„Sweety, du wirst jetzt deinen Arsch in Bewegung setzen!", bellte er ins Telefon.

„Nichts werde ..."

„Du wirst deine Sachen packen, ich hoffe, du hast einen vernünftigen Koffer, dann wirst du dich in den Zug setzen und zu meiner Wohnung an der Gold Coast fahren. Ich erwarte dich um Punkt zwölf Uhr am Empfang. Verstanden?"

„Nein!"

„Was muss ich tun, damit die Prinzessin sich vorwärtsbewegt? Willst du eine Entschuldigung? Die kannst du haben."

Er machte eine kurze Pause, als würde er auf meine Antwort warten. Doch diesen Gefallen tat ich ihm nicht. Wo gab es denn sowas, dass man die Genehmigung für eine Entschuldigung brauchte!

„Sorry für mein schlechtes Benehmen“, bellte er da auch schon.

„Seltsam, dass ich Ihnen nicht glauben kann, dass sie es ernst meinen.“

„Was willst du noch von mir? Ich habe dir eine Kreditkarte mit einem saftigen Betrag geschenkt, du musst an Christmas nicht alleine in deiner armseligen Bude hocken und obendrauf gibt es eine Festanstellung und eine Prämie. Wie teuer bist du eigentlich? Wann hast du endlich genug?“

„... du musst an Christmas nicht alleine sein ...“, war alles, was zwischen meinen Ohren hängenblieb.

Spring über deinen Schatten, Manu!

„Ich werde es mir überlegen!“, antwortete ich mit schneidender Stimme und legte einfach auf.

Ich ärgerte mich! Ich ärgerte mich so richtig darüber, dass ich mich freute und dass mir ein Stein vom Herzen gefallen war. Aber so war es nun mal. Wenn ich mich mit ihm wieder einkriegte, konnte ich in Chicago bleiben und Weihnachten in Gesellschaft verbringen. Wenn ich auch noch keinen blassen Schimmer hatte, was da auf mich zukommen würde.

Egal! Einigermaßen gut gelaunt erhob ich mich aus dem Bett, ging ins Badezimmer, um zu duschen und meine langen Haare zu glätten, damit sie ordentlich aussahen. Dann packte ich die neuen Sachen in den Trolley und ... ein Shirt für die Nacht.

Oh!

Daran hatte ich noch gar nicht gedacht. Ich würde auf keinen, aber auch auf gar, gar keinen Fall mit diesem Typen in einem Bett schlafen!

Sofort kamen mir Filme in den Sinn, in denen *er* auf dem Sofa oder einem Sessel übernachten musste, während *sie* das Bett ganz alleine für sich hatte.

Genauso wird es auch bei uns sein!

Oder er musste sich eine Ausrede einfallen lassen. Zum Beispiel, dass ich als Jungfrau in die Ehe gehen wollte oder irgendeinen Blödsinn dieser Art.

Zur Sicherheit steckte ich einen rot-grau karierten Flanellschlafanzug ein, der jeden Mann in die Flucht schlagen würde. Dann klappte ich meinen kleinen Koffer zu und ging noch einmal ins Bad, um die Wimpern zu tuschen und Lippenstift aufzulegen.

Als ich auch damit fertig war, schlüpfte ich in die neue Jeans und zog den blauen Kaschmirpullover über den Kopf, der dieselbe Farbe hatte wie meine Augen, und der ein kleines Vermögen gekostet hatte. Aber er war so flauschig-zart, dass ich nicht hatte widerstehen können und er war, zusammen mit der Jeans, das Einzige, was ich auch im normalen Leben gut tragen konnte.

Zum Schluss zog ich meine Stiefel an. Meine eigenen, wohlgemerkt. Das helle Braun passte sehr gut zum Rest. Zufrieden schaute ich in den Spiegel. In dieser Aufmachung fühlte ich mich selbstsicher und trotzdem wohl. Da würde mich nicht einmal mein bösartiger Boss aus dem Gleichgewicht bringen.

Aber etwas anderes brachte mich aus dem Gleichgewicht. Ich musste eine Kleinigkeit als Dankeschön für die Gastgeberin, also Brandons Mutter, mitnehmen. Doch was schenkte man einer Frau, die sicher alles hatte? Blumen? Pralinen?

Ich durchstöberte meine wenigen Sachen und fand die Packung mit „Heidelberger Studentenküssen", die ich durch die Kontrolle am Flughafen geschmuggelt hatte. Zum Glück war sie noch ungeöffnet. Ich drückte die Packung mit den Schokotalern an meine Brust. Schweren Herzens schob ich diesen Gruß aus meiner Heimat in den Koffer.

Die bekommt sie aber nur, wenn ich sie sympathisch finde!

Bevor ich in meinen braunen Mantel schlüpfte und die Treppe hinunterlief, rief ich ein Taxi. Wenn er mich schon nicht als Mensch wertschätzte, dann doch wenigstens als die Frau, mit der er die nächsten Tage verbringen würde.

Und der hatte er eine Kreditkarte gegeben, die diese jetzt ausschöpfen würde.

Der Taxifahrer setzte mich vor einem der Hochhäuser an der Gold Coast ab. Hier hatten die reichen Leute ihr Domizil, sofern sie

Downtown und nicht in einem der Vororte wohnten.

Oder wenn sie mehrere Wohnungen haben, dachte ich, als ich meinen Blick auf die Spitze des Skyscrapers richtete.

Mr. Bad Boss wohnte sicher im obersten Stockwerk.

Durch den Schnee schritt ich auf die Tür zu. Sofort wurde sie wie von unsichtbarer Hand geöffnet. Direkt hinter dem Eingang war die Rezeption des Doormans.

„Melden Sie mich bitte Mr. Bad... ähm, Mr. Cooper. Mein Name ist Manu Krähmer."

„Sehr wohl, Madam", antwortete er und murmelte ‚Mänju Krähmer' vor sich hin, während er eine Nummer wählte.

Ich musste grinsen. Wie alle Amerikaner konnte auch er meinen Namen nicht richtig aussprechen. Daran hatte ich mich ja schon gewöhnt.

Ich ließ mich in einem der Sessel gegenüber der Rezeption nieder, fuhr mir ordnend durch die Haare, die vom Wind zerzaust waren, obwohl ich einen Pferdeschwanz trug, und knetete aufgeregt meine Hände. Jetzt, wo der Ausflug unmittelbar bevorstand, hatte ich ordentlich Bammel.

Worauf habe ich mich da nur eingelassen?

Rein theoretisch könnte ich dem Doorman die Kleidungsstücke, die Mr. Bad finanziert hatte, auf den Tresen werfen und die Kreditkarte, auf der sicher nur noch wenige Dollar waren, mit dazu. Dann könnte ich mich aus dem Staub machen und müsste diesen Menschen nie mehr wiedersehen.

Während ich noch überlegte, bimmelte der

Fahrstuhl und Brandon Cooper stand vor mir in seiner ganzen Pracht. Bisher hatte ich ihn nur in gutgeschnittenen, garantiert unerhört teuren Anzügen gesehen. Doch jetzt trug er einen blauen Kaschmirpulli und eine Jeans, unter der hellbraune Cowboystiefel hervorlugten. Er trug dieselben Farben und Kleidungsstücke wie ich und ... er sah so etwas von umwerfend aus!

Ich schaute ihn sicher genauso überrascht an wie er mich.

Für den Bruchteil einer Sekunde huschte ein Lächeln über sein Gesicht. Doch sofort war seine Miene wieder distanziert und kalt wie immer.

„Miss Krähmer", sagte er förmlich.

„Mister Cooper", antwortete ich in demselben Tonfall.

„Steht der Wagen bereit?", fragte er den Doorman.

„Sehr wohl, Sir!"

Dienstbeflissen nahm er in jede Hand einen Trolley und lief voraus.

Vor der Einfahrt stand ein dunkelblauer Sportwagen. Der Doorman öffnete den Kofferraum, packte die Trolleys hinein und reichte Mr. Cooper die Schlüssel.

Der stieg, mich ignorierend, ein, startete und ließ den Motor aufheulen.

„Das sind Töne!", schwärmte der Doorman und eilte zur Beifahrertür, um sie für mich aufzureißen.

„Los, Sweety", forderte das Ekelpaket mich auf. „Steig schon ein. Oder brauchst du eine Extra-Einladung?"

In Gefahr

Es war ein Genuss, sich in den weichen Ledersitz zu schmiegen und die Wärme unterm Po zu spüren. So langsam begann ich die Annehmlichkeiten eines Lebens in Luxus zu genießen. Zumindest, was die Fortbewegungsmöglichkeiten anbelangte.

Mr. Bad Boss steuerte den Wagen souverän durch die überfüllte Stadt. Wegen der starken Schneefälle hatte man den Schnee kurzerhand an die Straßenseiten geschoben. So waren die Fahrbahnen nun verschmälert und dadurch lief der Verkehr nicht ganz so fließend wie sonst.

Ich musterte ihn von der Seite. Im Profil sah er mindestens genauso gut aus wie von vorne.

Wie schade, dass er so ein Ekelpaket ist. Sonst ...

Denk nicht mal dran!

„Wo fahren wir eigentlich hin?", fragte ich, als er nicht auf den Highway, sondern durch die Stadt in Richtung Norden fuhr.

„Das wirst du noch früh genug erfahren, Sweety."

Bei seinen Worten stieg ein unangenehmes Gefühl in mir hoch. Was wusste ich schon von diesem Mann, den ich erst seit zwei Wochen kannte?

So gut wie nichts!

Wenn er dich jetzt entführt und irgendwo in einer einsamen Hütte einsperrt?

Ich sah mich schon im Keller an die Heizungsrohre gekettet, ihm hilflos ausgeliefert und ihn anflehend, mich nicht umzubringen.

Ein Kälteschauder lief mir über den Rücken. Ich schüttelte mich.

„Was ist los, Sweety? Ist dir kalt?"

„Sie werden doch nicht etwa um mich besorgt sein?", fragte ich höhnisch.

„Weder würde es mir Spaß machen, mich mit einer Kranken abgeben zu müssen noch habe ich Lust, mich anstecken zu lassen."

Klappe halten!, befahl ich mir. *Von diesem Typen kommt doch eh nichts Vernünftiges.*

Also schwieg ich und sah aus dem Fenster. Zu meiner rechten Seite war der Michigansee. Am Ufer war das Wasser zu Eis gefroren und auch hier war alles voller Schnee.

„Du wirst mich ab sofort Brandon nennen", unterbrach er die Stille.

Brandon Bad.

Das passte doch!

„Wird mir sicher leichtfallen", sagte ich mit viel Sarkasmus in der Stimme. „So *nett*, wie du immer bist, Brandon-Darling."

Ich hatte mir den Zusatz „Darling" nicht verkneifen können. Vielleicht brachte ihn das dazu, mich endlich mal mit meinem Vornamen anzusprechen.

„Um eins von Anfang an zu klären, Sweety: Sobald wir den Besuch bei meinen Eltern hinter uns haben, ist alles wie zuvor. Keine Vertraulichkeiten, keine Intimität. Das hier", er tippte auf seine Brust und zeigte danach auf mich, „das ist nichts weiter als Business. Verstanden?"

„Ja, Brandon-Darling. Ich werde dich dann wieder Mr. B..., ähm, Mr. Cooper nennen."

Er sah kurz zu mir her, sagte aber keinen

Ton und ich zog spöttisch meine Mundwinkel nach oben.

Was dieser Typ sich nur einbildete! Dachte er etwa, ich würde ihm nach unserem kleinen Ausflug hinterherlaufen wie ein Schoßhündchen? Ich freute mich doch schon jetzt darauf, wieder im Büro zu sitzen, in dem er sowieso meist mit Abwesenheit glänzte.

„Sollten wir nicht ein paar Dinge klären, bevor wir bei deinen Eltern sind? Wie wir uns kennengelernt haben zum Beispiel. So etwas wird man doch immer gefragt."

„Da spricht wohl eine Frau mit Erfahrung", sagte er höhnisch. „Genauso siehst du aus. Als hättest du schon viel erlebt."

Ich drehte den Kopf zu Seite und sah aus dem Fenster.

Leck mich, Brandon Cooper!

Es ging schließlich um seine Haut, nicht um meine.

Wir hatten Chicago verlassen und fuhren über freies Land. Der Himmel hatte sich endgültig zugezogen und es schneite wieder. Die Schneeflocken wurden heftig durch die Luft gewirbelt, denn der Wind war in der letzten halben Stunde immer stärker geworden. Es war, als würde das Auto permanent von einem Stier in die Seite gerammt.

War sein Sportwagen massiv genug, um das

auszuhalten?

Ich schaute auf das Lenkrad. In das schwarze Leder war ein silberner Dreizack eingraviert.

„Was ist das für ein Wagen?“, fragte ich.

„Meiner!“, antwortete er und grinste spöttisch.

„Die Marke ... Ich wollte wissen, was für eine Marke es ist“, sagte ich genervt.

„Maserati!“

Das klang teuer.

„Könntest ... also könntest du vielleicht so ein bisschen langsamer fahren? Hier sind doch nur 55 Meilen erlaubt.“

Sein Lachen klang seltsam.

„Du bist tatsächlich der Meinung, ich sollte mich an Tempolimits halten?“

Während er das sagte, drückte er noch ein wenig fester auf das Gaspedal.

„Bitte, Mr. Cooper!“

„Ja, Sweety?“, fragte er in einem fast liebevollen Ton, der aber so was von unecht rüberkam.

„Fahren Sie doch nicht so schnell!“

Ich krallte meine Hände in den Sitz und machte mich ganz steif.

Er sah zu mir her, auf meine Hände und meine Körperhaltung und lachte wieder.

Dann trat er noch fester auf das Gaspedal. Der Tacho zeigte 80 Meilen an. Das waren ... also, wie viele Kilometer waren 80 Meilen?

Auf jeden Fall zu viel für diese schneebedeckte Straße!

Wir fuhren auf eine Kurve zu.

Ich schrie auf.

„Du hast doch nicht etwa Angst?“

Seine Stimme hatte lauernd geklungen. So, als würde es ihm Vergnügen bereiten, mich in Angst und Schrecken zu versetzen.

„Doch! Habe ich. Halten Sie an! Ich will aussteigen!“, schrie ich.

Dieser Typ schien ein Psychopath zu sein. Oder lebensmüde. Oder beides.

Da nahm er endlich den Fuß vom Gaspedal. In der Kurve schlingerte der Wagen gefährlich.

Als wir sie genommen hatten, atmete ich erleichtert auf.

„Mr. Cooper!, sagte ich mit zitternder Stimme. „Wenn Sie wollen, dass ich heil bei Ihrer Familie ankomme ...“

Ich holte tief Luft.

„Und wenn Sie wollen, dass ich hier in ihrem Wagen sitzen bleibe ...“

Wieder holte ich Luft.

„Dann fahren Sie *bitte* in einem Tempo, das dem Wetter angemessen ist.“

Die letzten Worte hatte ich geschrien.

Er sagte keinen Ton. Aber er hielt so abrupt am Straßenrand an, dass der Wagen ins Schlingern geriet.

Drehte er jetzt völlig durch?

Einen Moment später wandte er sich mir zu und sah mich mit seinen eisblauen Augen so feindselig an, dass ich eine Gänsehaut bekam.

„Damit eins klar ist, Sweety! Du hast brav neben mir zu sitzen und die Schnauze zu halten. Mir macht kein dahergelaufenes Landei Vorschriften, wie ich zu fahren habe.“

Seine Stimme war laut geworden.

„Wer schreit, ist im Unrecht!“, warf ich ihm in meiner Hilflosigkeit an den Kopf.

Er sah mich so böse an, als wollte er mir jeden Moment an den Hals gehen.

Dann sagte er ganz leise: „Solltest du jedoch aussteigen wollen, bitte schön."

Er zeigte gebieterisch zur Beifahrertür.

Ich zitterte vor Wut.

Ohne es kontrollieren zu können, fauchte ich: „Passen Sie auf, dass ich Sie nicht beim Wort nehme, Mr. Bad Boss!"

Seine Augen verengten sich.

„Ich sehe, du hast festes Schuhwerk an den Füßen."

Es klang wie ein Gewittergrollen.

„Deinen Trolley wirst du durch den Schnee gezogen kriegen, bis irgendein Trottel anhält und dich mitnimmt."

„Jeder dahergelaufene Trottel ist besser als Sie!", fauchte ich.

Da beugte er sich an mir vorbei zur Tür und versuchte, sie zu öffnen. Aber das war nicht möglich, weil der Wind sie sofort wieder zuschlug.

Ich lachte, obwohl mir eher nach Heulen war.

„Raus mit dir!", sagte er mit kalter Stimme.

Mit zittrigen Fingern löste ich den Gurt.

Er kann mich doch nicht in diesem Sturm, bei dieser Kälte aussetzen?

Ich spürte Tränen hochsteigen und schluckte schwer, um sie hinunterzudrücken.

Nur nicht weinen! Nicht vor ihm!

„Öffnen Sie den Kofferraum", fauchte ich.

„Der ist offen!"

Da holte ich aus, um ihm eine Ohrfeige zu verpassen.

Noch bevor meine Hand auf seiner Wange

landen konnte, hielt er sie so fest, als wollte er sie zerquetschen.

„Loslassen! Das tut weh!“, stöhnte ich auf.

„Raus!“

„Mit Vergnügen“, schrie ich.

Ich drückte die Tür auf, spürte, wie meine Wangen nass wurden, stieg aus und ließ die Tür einfach offen stehen.

Soll sie der Wind doch zuschlagen!

Ich stapfte durch den Schnee zum Kofferraum, griff in meiner bodenlosen Wut und Enttäuschung nach beiden Trolleys und wuchtete sie heraus.

Im selben Moment schloss sich der Kofferraum schon wieder.

Ich gab seinem Trolley mit dem Fuß einen Stoß, damit er den kleinen Abhang hinunterrutschte.

Jetzt sieh zu, wie du zu deinen Sachen kommst, Riesenarschloch Cooper!

Der hatte schon gedreht und startete mit quietschenden Reifen durch.

Renn dir doch den Kopf ein!

Immer noch fassungslos über sein beschissenes Verhalten sah ich ihm nach.

Würde er zur Besinnung kommen und vor der nächsten Kurve stehenbleiben, um auf mich zu warten?

Ich schielte auf seinen Koffer. Wäre blöd, wenn ich ihm erklären müsste, dass ich ihn herausgeholt und in den Schnee geworfen hatte.

Doch darüber musste ich mir keine Gedanken machen. Denn er nahm die Kurve und war weg.

Das gibt es doch gar nicht! Das kann er doch

nicht wirklich machen.

Doch! Er konnte!

Mit vor Wut zitternden Händen packte ich meinen Trolley, um im tiefen Schnee, der durch den Sturm aufgewirbelt wurde, die Straße entlangzugehen. Wenn ich Glück hatte, konnte ich ein Auto anhalten. Die Chancen standen jedoch schlecht. Außer uns war kaum jemand auf der für amerikanische Verhältnisse schmalen Straße unterwegs gewesen.

Verdammt! Brandon Cooper, du Riesenarsch!, fluchte ich wütend.

Keine Sekunde später hörte ich ein lautes Krachen. Es klang, als würde jemand eine überdimensionale Blechdose zusammenquetschen.

Absturz

Ich packte meinen Trolley und lief, so schnell es bei dem tiefen Schnee und dem Sturm möglich war, in Richtung des Geräuschs. Nachdem ich die Kurve umrundet hatte, schrie ich entsetzt auf. Denn der dunkelblaue Maserati hatte anscheinend mit der Seite den einzigen Baum weit und breit erwischt und hing schräg mit der Schnauze auf der Straße, das Hinterteil über dem Abhang. Es sah aus, als würde er jeden Moment abrutschen.

Ich ließ meinen Trolley fallen und rannte los.

„Brandon!“, schrie ich.

Vorsichtig näherte ich mich dem Wagen und schaute ins Innere. Mein Boss saß fluchend in seinem Sitz. Vor ihm der aufgeblasene Airbag. Er hantierte am Verschluss des Sicherheitsgurts herum.

Ich klopfte an die Fensterscheibe.

Er ignorierte mich, als hätte er es nicht gehört.

Ich sollte die Polizei rufen und ihn dann einfach sitzen lassen.

Aber vielleicht war er ja unter Schock. Selbst einen Riesenarsch würde ich in solch einer Situation nicht alleine lassen. Ich ging durch den Schnee und gegen den Sturm ankämpfend um das Fahrzeug herum auf die andere Seite, um vorsichtig die Tür zu öffnen.

„Verfickte Scheiße, lass das bleiben“, schrie

er.

Sofort ließ ich los.

„Schau doch selbst, wie du rauskommst“, blaffte ich ihn an.

Ich zog den Mantel eng um mich und ging zurück zu meinem Trolley. Mit vor Kälte steifen Fingern packte ich den Griff und zog ihn hinter mir her, bis ich wieder am Wagen war.

Mr. Bad versuchte noch immer, den Gurt zu lösen. Aber es gelang ihm nicht.

„Bist du verletzt?“, rief ich. „Kann ich dir irgendwie helfen?“

Ich brachte es einfach nicht fertig, nur da zu stehen und ihm bei seinem Versuch, aus dem Auto zu kommen, zuzusehen.

Der Abhang war zwar nicht tief, aber wenn der schwere Wagen erst einmal in Bewegung kam und umkippte, war es nicht mehr lustig. Wir waren hier nur wenige Meter vom zugefrorenen See entfernt.

„Mach vorsichtig meine Tür auf“, wies er mich an.

Ich nahm den Griff in die Hand und drückte zu. Nachdem es geklackt hatte, bewegte ich die Tür im Zeitlupentempo nach außen. Der Sturm, der mir die Haare ins Gesicht blies und von hinten gegen die Tür drückte, machte es nicht einfacher. Ich stemmte mich fest dagegen.

„Nicht einschlafen“, sagte er ungeduldig.

„Klappe halten“, fuhr ich ihn an.

Was war das nur für ein unmöglicher Mensch? Konnte er nicht einmal in so einer Situation ein wenig freundlich sein? Er brauchte mich doch! Er brauchte mich, um seinen Eltern ein Lügenmärchen vorzuspielen, und er brauchte mich, damit ich ihn aus dem Auto befreite.

Der Typ ist ja selbstzerstörerisch!

„Meine Hand ist verletzt. Beuge dich vorsichtig über mich und öffne den verfickten Gurt“, befahl er.

„Zuerst ‚bitte‘ sagen!“

Der Satz kam schneller über meine Lippen, als ich es kontrollieren konnte.

Er fluchte etwas Unverständliches vor sich hin. Dann presste er ein „Bitte“ zwischen den Zähnen hervor.

„Geht doch!“, sagte ich

Danach tat ich, wie von ihm geheißen. Unbeirrt dessen, dass der Wind an meinem Mantel zerrte, beugte ich mich über ihn. Dabei musste ich ihm ziemlich nahe kommen. Ich roch seinen männlichen Duft aus Sandelholz, Moschus und einem Hauch Schweiß. Es haute mich beinahe um, so sinnlich war dieser Duft. Dass ich mit meinem Gesicht fast auf seinem hing, machte es nicht besser.

Reiß dich zusammen!

„Gleich liegst du auf mir drauf!“, blaffte er.

„Machs doch selbst!“, blaffte ich zurück.

Aber dann streckte ich meinen Arm noch ein Stückchen weiter aus und endlich hörte ich das Klacken.

Vorsichtig zog ich den Arm weg und richtete mich auf.

„Welche Befehle hat der Boss jetzt an mich?“, fragte ich mit viel Sarkasmus in der Stimme.

„Du ziehst mich raus.“

Er streckte mir seine Hand hin. Da fiel mir zum ersten Mal auf, wie schön geformt sie war und ich ärgerte mich im selben Moment über diesen bescheuerten Gedanken.

Ich hielt mit der einen Hand die Tür, drückte meine Füße fest auf den Boden und packte seine Hand.

„Und jetzt ganz langsam ziehen, damit der Wagen frühestens dann abrutscht, wenn ich draußen bin."

Ja, natürlich. Was denn sonst?

Es war Zentimeterarbeit, da er am rechten Bein verletzt zu sein schien. Aber dann ... endlich ... hatte er das linke Bein draußen, danach den Oberkörper und als der Rest nachkam, wackelte das Auto und einen Moment später rutschte es nach hinten, den Abhang hinunter und landete auf der Beifahrerseite.

„Oh, nein!", stieß ich hervor.

Mr. Bad stand neben mir und schaute ungerührt seinem teuren Fahrzeug hinterher. Mit seinem linken Arm stützte er sich auf meiner Schulter ab. Ich sah in sein Gesicht. Da war keine Regung. Bis auf seine Wangenpartie. Dort arbeitete es mächtig.

„Wo hast du Verletzungen?", schrie ich gegen den Sturm an.

„Nicht der Rede wert", schnauzte er.

Deshalb stützt du dich auch auf mir ab.

„Wie ist das passiert?", schrie ich weiter. „Zu schnell gefahren? Glatteis?"

Ohne zu antworten, fasste er in seine Hosentasche und zog sein Smartphone heraus.

„Jetzt gib mir doch bitte eine Antwort! Wir müssen die Polizei rufen."

„Nein! Das regle ich selbst!"

Seine Stimme hörte sich gepresst an, als er

das sagte.

Der Verlust seines Wagens war also doch nicht spurlos an ihm vorbeigegangen. Oder war ihm der Unfall peinlich vor mir?

Ich zitterte vor Kälte und Anstrengung. Brandon hatte sich viel zu fest auf mich gestützt. Ich drehte den Kopf zur Seite. Dort stand mein Trolley. Mit dem Fuß kippte ich ihn in den Schnee.

„Setz dich hier drauf!“, sagte ich im Befehlston.

Doch er drückte sein Smartphone fest ans Ohr.

Dann fluchte er etwas Unverständliches.

„Bitte setz dich!“, wiederholte ich, gegen den Sturm anschreiend.

„Wir müssen hier weg. Die Kälte, der Sturm ...“

„Ich muss nach unten klettern und versuchen, den Kofferraum zu öffnen, um meinen Trolley herauszuholen.“

Oh!

„Der ist dahinten“, sagte ich und zeigte mit dem Kopf in die Richtung, aus der wir gekommen waren.

„Was macht der da hinten?“, fragte er barsch.

„Ich hole ihn, sobald du mich loslässt.“

„Bring mich rüber auf die andere Seite unter die Bäume!“, befahl er.

„Aber warum denn? Da kann dich doch keiner sehen. Vielleicht kommt ein Auto vorbei, das du anhalten kannst.“

Er richtete sich auf und humpelte einen halben Schritt von mir weg, packte mich an der Schulter und sah mich eindringlich an.

„Du hast jetzt genau zwei Möglichkeiten! Entweder du machst, dass du von hier verschwindest. Nicht weit, dann stößt du auf eine größere Straße, dort wird dich einer mitnehmen und nach Hause bringen."

„Oder?", fiel ich ihm ins Wort.

„Oder du bleibst hier und hilfst mir. Das lasse ich allerdings nur zu, wenn du dich penibel an meine Anweisungen hältst! Entscheide!", sagte er mit hartem Blick und rauer Stimme.

Seinen Vorschlag anzunehmen, einfach wegzulaufen und ein Auto anzuhalten, wäre sicher der leichtere Weg gewesen. Aber ich brachte es nicht über mich, Mr. Bad alleine zu lassen. Auch, wenn er es nicht verdient hatte, dass sich jemand um ihn kümmerte, war er trotzdem ein Mensch in Not.

Also führte ich ihn über die Straße und unter die Bäume, damit er ein wenig vor dem Wind geschützt war. Dann holte ich meinen Trolley rüber, damit er sich setzen konnte. Er hämmerte derweil auf sein Smartphone ein.

„Keine Verbindung möglich! Hol meinen Koffer und wenn du zurück bist, müssen wir versuchen, die Strecke bis zu unserer Jagdhütte zurückzulegen."

Der Sturm hatte noch an Kraft zugenommen. Er blies mir direkt ins Gesicht und trieb mir Tränen in die Augen. Ich japste, weil ich keine

Luft bekam. Es war, als würde ich ohne Helm Motorrad fahren. Deshalb hatte ich keine Wahl, als rückwärts zu gehen und immer wieder kurz den Kopf zu wenden, um zu überprüfen, wo ich war.

Der Sturm wirbelte den Schnee auf. Ich konnte fast nichts mehr sehen. Die Arme fest um meinen Oberkörper gepresst und die Hände in den Ärmeln versteckt, versuchte ich, so schnell wie möglich zu der Stelle zu kommen, an der sein Trolley im Schnee lag. Jetzt erschien es mir wie eine hirnrissige Idee und auch ziemlich kindisch, was ich vorhin getan hatte.

Als ich mich umdrehte, sah ich, dass die Straße durch einen umgefallenen Baum blockiert war. Aus dieser Richtung würde also kein Fahrzeug kommen, das wir anhalten konnten.

Verdammt!

Wir mussten hier schnell weg, sonst würden wir noch zu Eis erstarren.

Dann war ich endlich, zitternd und bibbernd vor Kälte, an der Stelle angekommen, an der Mr. Bad Boss mich vorhin aus dem Wagen geworfen hatte. Doch von dem Koffer war nichts zu sehen.

Verdammt!

Mit bloßen Händen wühlte ich durch den Schnee. Dann richtete ich mich auf, um zu schauen, ob ich wirklich an der richtigen Stelle war. Durch den verwehten Schnee sah alles gleich aus.

Der Sturm zerrte an mir und meine Hände waren zu Eisblöcken gefroren. Ich pustete hinein, um sie wenigstens ein bisschen wärmer zu bekommen. Wütend stampfte ich mit den Füßen auf, um die Durchblutung anzuregen. Und da sah ich ihn. Noch ein Stückchen weiter den Weg entlang und einen Meter den Abhang hinunter, ragte etwas Schwarzes hervor.

Ich ging los, wieder rückwärts, ging mitten auf der Straße, um nicht den Abhang hinunterzustürzen.

Dann war ich endlich an der Stelle, beugte mich vor und strecke meinen Arm aus.

Ich berührte mit den Fingerspitzen den Griff und glaubte mich schon am Ziel.

Da packte mich eine Sturmböe, brachte mich aus dem Gleichgewicht und warf mich kopfüber den Abhang hinunter.

Die Hütte im Wald

Ich lag auf dem Rücken. Unter mir war es hart und kalt. Mein Körper war mit Schnee bedeckt. Der Sturm, falls das überhaupt möglich war, hatte noch ein wenig zugelegt und zerrte an meinem Mantel, als wollte er ihn mir vom Leib reißen.

Bitte lass das nur einen Alptraum sein!, flehte ich, wen auch immer, an.

Heute war doch Weihnachten, der 24. Dezember. Zeit für ein Wunder!

Aber es sah nicht danach aus, als würde mich ein Wunder retten.

Vorsichtig bewegte ich Arme und Beine, um zu fühlen, ob alles in Ordnung war. Es war nur der Kopf, der wehtat. Alles andere schien ganz zu sein. Ich drehte mich auf die Seite und stützte mich auf den Ellbogen, um mich aufzurichten und auf meine vor Kälte zitternden Beine zu kommen.

Da sah ich es.

Ich lag auf dem vereisten Ufer des Lake Michigan!

Mein Herzschlag setzte aus.

Einen Moment später robbte ich in wilder Panik weg von dem Wasser, das unter mir war, auch wenn ich es durch die Eisschicht nicht sehen konnte.

Trotz der eisigen Kälte wurde mir heiß.

Dann endlich spürte ich wieder festen Boden unter mir. Ich schaffte es, irgendwie auf die Knie zu kommen und als ich meinen Blick hob, sah ich oben auf der Straße Brandon Cooper stehen, dessen Augen mir auf einmal im Vergleich zu dem Eis unter mir gar nicht mehr so kalt erschienen.

„Steh auf!“, schrie er in seinem charmanten Befehlston.

Wo kam er so plötzlich her? Er war doch verletzt.

Neben ihm tauchte ein Schrank von Mann in dicker Felljacke und Pudelmütze auf dem Kopf auf und warf mir ein Seil zu.

„Gut festhalten!“, rief er.

Mühsam schaffte ich es, auf die Füße zu kommen, schlang das Seil um meine rechte Hand, hielt mich auch mit der linken fest und so bekam ich es hin, mehr rutschend als kletternd, den Abhang hinaufzukommen.

Brandon streckte seine Hand aus, ich griff zu und einen Moment später drückte er mich für den Bruchteil einer Sekunde an seine breite Brust.

Sofort ließ er los und musste mich gleich wieder festhalten, weil meine Beine so stark zitterten. Das Blut schoss mir ins Gesicht.

„Reiß dich zusammen!“, raunte er.

Aber sein Ton war nicht ganz so kalt wie sonst.

„Wo ist der Trolley?“

Ich zeigte auf die Stelle, wo eine schwarze Ecke aus dem Schnee herausschaute.

Brandon machte eine Bewegung mit dem Kopf und der Mann mit dem Seil machte sich daran, den Koffer aus dem Schnee zu buddeln.

„Kannst du gehen?“, fragte Brandon.

„Ja“, sagte ich.

Da ließ er mich los und ich bedauerte, nicht den Kopf geschüttelt zu haben.

Ich muss eine Gehirnerschütterung haben, dass mir solche Gedanken in den Sinn kommen!, wunderte ich mich. *Das ist Bad Boss Cooper!*

„Und du?“, fragte ich. „Kannst *du* gehen?“

„Wie du siehst. Gib mir deinen Arm!“, befahl er.

Und dann geschah doch ein Wunder. Ekelpaket Brandon Cooper stützte mich, obwohl er selbst humpelte, und ich fühlte mich sicher an seiner Seite.

„Wer ist der Mann mit dem Seil und wo kam er plötzlich her?“, wollte ich wissen.

„Du fragtst zu viel Sweetheart“, kam seine ausweichende Antwort.

Brandon brachte mich an die Stelle hinter dem umgefallenen Baum, an der das Auto des Seilwerfers stand und wenig später saß ich auf einem warmen Autositz.

Ich war so erleichtert, dass ich losheulte.

„Reiß dich zusammen, Sweety!“, sagte er.

„Ich kann Sie nicht weiter als bis zu dieser Hütte fahren, Sir!“, sagte der Mann, der mir das Seil zugeworfen hatte. „Es ist zu gefährlich bei dem Blizzard. Und mit Verlaub, Sir. Ich will nach Hause zu meiner Familie.“

Brandon brummte etwas Unfreundliches vor sich hin.

Ich bedankte mich schnell bei dem Mann, der uns gerettet hatte und uns jetzt sogar noch zu einer Unterkunft bringen würde.

„Fahren Sie an einem Laden vorbei, damit ich wenigstens das Nötigste einkaufen kann!“

Ich hätte meinem Boss am liebsten einen Stoß in die Rippen verpasst, damit er etwas freundlicher zu dem netten Mann war. Aber nett sein war offensichtlich gegen seine Natur.

„Ja, Sir!“, sagte der Mann auch schon.

Wahrscheinlich hatte Brandon ihm Geld zugesteckt. Das war seine Lösung für alle Probleme.

Tatsächlich hielten wir kurz darauf an einem Supermarkt an.

„Du bleibst sitzen“, sagte er zu mir. „Sie kommen mit“, zu dem Fahrer.

Ich sah ihm hinterher, wie er versuchte, aufrecht zu gehen, obwohl der Blizzard heftig an seinem Mantel zerrte und er Schmerzen in seinem Bein haben musste. Als die beiden den Laden betraten, schloss ich die Augen.

„Aufwachen!“

Die Stimme war laut und nah an meinem Ohr. Ich zuckte zusammen.

„Was ist los?“, rief ich erschrocken.

„Wir sind da. Steig aus.“

Um uns herum waren Bäume, die meisten davon kahl, und ihre Wipfel schwankten gefährlich im Sturm. Ein schmaler Weg führte die paar Meter zu einer Blockhütte, die aussah wie in einem Western. Sie bestand aus dicken Holzstämmen, hatte eine Veranda und ein mächtiges Dach, das dick mit Schnee bedeckt war.

Ich stieg aus und verabschiedete mich von dem netten Mann. „Wünsche Ihnen Merry Christmas“, sagte er.

„Ihnen auch ein frohes Fest mit Ihrer Familie.“

„Nimm!“, befahl Brandon und drückte mir mehrere Einkaufstüten in die Hand.

Dann packte er mit der linken Hand die beiden Trolleys und schritt durch den tiefen Schnee voraus. Ich hinterher.

Die Tür war mit einem Vorhängeschloss gesichert. Brandon stellte die Koffer ab, sagte: „Warte hier!“, und ging um die Hütte herum.

Ich stellte die schweren Tüten auf den Boden und zog den Mantel eng um mich. Trotzdem klapperte ich mit den Zähnen. Der Sturm war so stark, dass meine Kleidung kaum Schutz bot. Der Schnee tat sein Übriges.

Brandon kam mit einem Schlüssel zurück, öffnete zuerst das Schloss und dann die Tür.

„Brauchst du eine Extraeinladung, Sweety?“, fragte er und winkte mich hinein.

In der Hütte war es stockdunkel und fast genauso kalt wie draußen. Aber wenigstens hatten wir den Wind und den Schnee ausgesperrt.

Meine Augen hatten sich gerade an die Dunkelheit gewöhnt, als Brandon auch schon eine Gaslampe anzündete. Er öffnete eines der Fenster und ließ frische Luft herein. Einen Moment später ging das Licht an.

Ich sah mich um. Die Hütte sah genauso aus, wie ich es mir vorgestellt hatte. Ein Raum mit massiven Holzmöbeln, zwei lederbezogene Sofas, ein riesiger Kamin. Auf dem Boden lagen dicke Teppiche. Alles rustikal und sehr gemütlich.

„Bring die Tüten in die Küche und pack sie aus“, sagte er und zeigte auf eine Tür. „Was gekühlt werden muss, kommt raus in den Windfang, bis Kühlschrank und Eisfach so weit sind.“

Ich schnaubte. Dieser Typ musste sich jetzt mal den Befehlston abgewöhnen, sonst würde ich streiken. Und das würde ich ihm auch gleich sagen. Sobald ich die Tüten ausgepackt hatte.

Er hatte Pizzen eingekauft, ein paar Fertiggerichte, Eier, Speck, Brot, Kaffee. Wie lange wollte er hierbleiben?

Ich öffnete vorsichtig die Tür nach draußen und entdeckte das, was er als Windfang bezeichnet hatte. Es war eine kleine verglaste Veranda. Ich legte die Einkäufe auf den Tisch.

Dann packte ich weiter aus. In den Tüten waren drei Sixpack Bier und zwei Flaschen Champagner.

Ob der für mich ist?

Dann fand ich noch Schmerztabletten, von denen ich gleich eine nehmen wollte, denn mein Kopf brummte ordentlich von dem Sturz. Doch dafür brauchte ich Wasser.

„Brandon? Wo bekomme ich Trinkwasser her?“

Er antwortete nicht. War ja klar.

Ich ging in den Wohnraum hinüber. Brandon kniete vor dem Kamin und hielt ein großes Streichholz an aufgeschichtetes Papier und Holz. Einen Moment später loderte das Feuer.

Er erhob sich und sah mich zufrieden an. Fast lächelte er. Aber nicht mal eine Sekunde lang. Dann schaute er wieder so distanziert wie eh und je.

„Wo gibt es Trinkwasser?“, fragte ich. „Ich würde gerne eine Tablette gegen meine Kopfschmerzen nehmen. Du brauchst sicher auch eine, oder?“

„In der Speisekammer“, sagte er unfreundlich.

Oh, Mann! Warum? Warum immer diese schlechte Laune?

Ich goss uns zwei Gläser voll, nahm eine Tablette und reichte ihm die Packung.

„Hast du schlimme Schmerzen?“, fragte ich.

„Nicht der Rede wert.“

Aber er schluckte trotzdem zwei.

„Setz dich ans Feuer, damit dir warm wird.“

„Hast du wieder Angst, ich könnte krank werden und dich anstecken?“

Irritiert sah er mich an.

„Ich werde das Bett überziehen.“

„*Das* Bett?“

„Ja. Es gibt nur eins. Die Hütte ist ja nicht so groß. Als hier noch unbebautes Land war, hatten wir sie als Jagdhütte benutzt.“

Mr. Bad Boss gab eine Erklärung ab? Wurde er etwa krank?

Es wurde so wohlig warm in dem Raum, dass ich Mantel und Stiefel ausziehen konnte. Ich zog die Beine hoch auf das Sofa und rieb meine Füße. Brandon war im Badezimmer verschwunden. Ich hörte Wasser prasseln. Eine heiße Dusche! Das war es, was ich jetzt auch gebrauchen könnte.

Und dann? Wie würde es dann weitergehen?

Mein Boss und ich halbnackt in einer einsamen Hütte, um die noch immer der Sturm tobte? In nur einem Bett? Ich bekam eine Gänsehaut. Aber nicht, weil ich fror, sondern weil mir diese Situation, die sich ganz anders entwickelt hatte, als geplant, unheimlich und unangenehm war.

Und ... ich schämte mich sehr für diesen Gedanken ... weil er ein gewisses Prickeln bei mir auslöste!

Gsch, gsch!, machte ich, um das Gefühl zu vertreiben.

Bad Brandon ist ein Ekelpaket! Er beweist es dir in jeder Minute, die du mit ihm zusammen bist!

Und trotzdem reagierte mein Körper auf ihn ...

Ich strich mit der Hand über das Leder des Sofas, auf dem ich saß. Es war breit genug, dass ich darauf schlafen konnte. Oder er. Falls er sich wie ein Gentleman verhalten würde.

Ich lachte.

Mr. Bad Boss als Gentleman? Unvorstellbar.

Die Badezimmertür öffnete sich und ich japste nach Luft, als ich ihn heraustreten sah. Um seine schmalen Hüften hatte er ein Handtuch gewickelt. Sein Oberkörper war nackt. Und was für ein Oberkörper das war! Gebräunte Haut und darunter gut definierte Muskeln. Kein einziges Brusthärchen war zu sehen.

Seine Haut fühlt sich sicher seidenglatt an.

Der Gedanke war plötzlich in meinem Kopf

aufgetaucht, ohne dass ich ihn hätte kontrollieren können.

Du wirst es nie erfahren! Und das ist gut so!

Ich wusste doch, wie dieser Mann war. Ich hatte erlebt, wie er sich Frauen gegenüber verhielt: egoistisch, mürrisch, bad! Er war ein Nehmer. Von Geben hatte er wahrscheinlich noch nie etwas gehört.

„Du kannst ins Bad“, sagte er. „Ich habe dir ein Handtuch und einen Bademantel hingelegt.“

„Schon wieder so fürsorglich?“, fragte ich spöttisch.

„Sauber bist du mir lieber. Los, unter die Dusche! Und schalte auf dem Weg den Backofen ein.“

Ich saß im Bademantel auf dem Sofa. Darunter trug ich meinen karierten Flanell-Schlafanzug. Das wäre nicht nötig gewesen, denn es war mollig warm in der Hütte und außerdem ... Dieses Ekelpaket hatte mir gesagt und vor allem sehr deutlich gezeigt, was er davon hielt, mich anzufassen.

Ich hätte also nackt vor ihm liegen können, ohne dass etwas passierte. Aber ich fühlte mich einfach wohler, wenn ich einigermaßen bekleidet war.

Er kam mit einer Flasche Champagner und zwei Dosen Bier aus der Küche. Sie waren voller Schnee.

„Draußen gekühlt?“, fragte ich.
„Sieht man doch, oder?“
„Wie nett!“, sagte ich mit spitzer Zunge. „Vorausgesetzt, der Champagner ist für mich?“
„Natürlich! Ich war schon immer ein guter Gastgeber. Egal ...“, er machte eine kleine Pause und sah mich dabei grimmig an. „Egal, wer mein Gast ist.“
Ich ballte meine Hände zu Fäusten.
„Warum ...“, begann ich.
„Ein Glas findest du in der Vitrine“, unterbrach er mich, riss den Verschluss einer der Dosen auf, setzte an und trank.
Er stand vor mir, im Profil, und er sah aus wie ein griechischer Gott. Noch immer trug er nur das Handtuch um die Hüfte und als er sich zurückbeugte und die Dose an seinen Mund setzte, wirkte das so sexy, dass mir in meinem Schlafanzug noch wärmer wurde als mir schon war.
Genau genommen wurde es mir richtig heiß. Vor allem an der Stelle zwischen meinen Beinen.
Reiß dich zusammen!, herrschte ich mich an. *Vor dir steht Mr. Bad Boss! Schon vergessen?*
Schnell stand ich auf, ging zur Vitrine und holte mir ein Glas.
„Willst du dich nicht anziehen?“, fragte ich, als er die Dose, die er in einem Zug geleert hatte, absetzte.
„Ich bin hier zu Hause“, gab er eine Erklärung ab, die mir nicht ganz einleuchtete.
Ich öffnete die Flasche und schenkte mir ein.
„Deshalb kann man doch trotzdem Rücksicht auf seinen Gast nehmen. Immerhin bin ich nicht freiwillig hier.“

Er sah mich nur spöttisch an.
„Manchmal ändern sich Pläne."
Ich setzte das Glas an und trank es mit einem Schluck aus.
„Dass wir alleine in dieser Hütte landen, war nicht ausgemacht."
„Sweety ..."
Er sah mich an, als hätte ich sie nicht mehr alle.
„Du warst dabei. Du weißt, wie wir hier gelandet sind."
Er ließ sich auf das Sofa mir gegenüber fallen und saß breitbeinig da.
Schnell schaute ich weg.
Musste das sein? Musste es wirklich sein, dass er mir jetzt auch noch seine Kronjuwelen präsentierte?
Kann man sich noch abfälliger verhalten?
Während er eine neue Dose Bier öffnete und ansetzte, schenkte ich mir das Glas erneut voll und trank es leer. Dann atmete ich tief durch, beugte mich vor und sah ihm fest in die Augen.
„Wie geht es jetzt weiter? Wie lange werden wir hier in dieser Hütte bleiben? Eine Nacht? Länger? Du hast eine Menge Essen eingekauft."
„Sei mal ganz still, Sweety!", sagte er und drehte seinen Kopf in Richtung Tür, als würde er erwarten, dass gleich jemand dagegenhämmerte.
„Hörst du das?"
Erschrocken sah ich zur Tür hin.
„Was soll ich denn hören? Der Sturm ist doch viel zu laut."
Er grinste mich höhnisch an.
„Na, siehst du. Schon hast du dir deine Frage

selbst beantwortet. Sobald der Blizzard vorbeigezogen ist, ziehen auch wir weiter."

Grrrr ...

„Geh mal lieber in die Küche und werf uns zwei Pizzen in den Backofen."

Er stand auf, griff nach seinem Telefon und ging raus.

Ich hörte, dass er telefonierte, aber ich verstand nur bruchstückhaft, dass es wohl seine Eltern sein mussten, denen er erklärte, in welcher Situation wir steckten.

Schöne Bescherung, schöne Weihnachten!

Ich dachte daran, wie der Abend zu Hause verlaufen wäre und schluckte.

Du hast es so gewollt. Es hat dich keiner gezwungen, nach Chicago zu fliegen!

Ich schenkte mir ein weiteres Glas voll, nippte aber nur daran, weil mir einfiel, dass ich vorhin etwas gegen meine Kopfschmerzen eingenommen hatte. Tabletten und Alkohol ... eine fatale Mischung!

Mein Magen knurrte. Seit der Scheibe Brot zum Frühstück hatte ich nichts mehr gegessen und jetzt war es spät am Nachmittag.

Ich erhob mich vom Sofa und lief barfuß Richtung Küche. Als ich der Schwingtür einen Schubs gab, hörte ich ihn von der anderen Seite fluchen und sprang erschrocken zurück, weil sie mir mit Schwung entgegenflog.

„Verdammt! Kannst du nicht aufpassen?", schrie er.

Ich hätte auch weggehen können. Das wäre die vernünftigere Variante gewesen. Doch ich öffnete die Tür vorsichtig ein Stückchen und schaute in die Küche.

Mr. Bad stand da und hielt sich den Kopf. Ich hatte ihn wohl direkt über dem Auge getroffen.

„Brandon!“, rief ich. „Entschuldige. Ich konnte doch nicht wissen ...“

„Natürlich!“, schnauzte er. „Was weißt *du* schon?“

Am liebsten hätte ich gesagt: *Nichts. Weil du mir nichts sagst.*

Aber ich hielt es für klüger, den Mund zu halten, nachdem ich ihm Schmerzen zugefügt hatte.

Er ging zum Windfang und kam gleich darauf mit einer Hand voll Eis zurück, und während ich schuldbewusst von einem Fuß auf den anderen trippelte, drückte er es sich auf das getroffene Auge.

„Soll ich ... Soll ich mal schauen?“, fragte ich leise.

Er knurrte wie ein bissiger Hund.

„Jetzt lass mich dir doch ...“

Da wirbelte er zu mir herum und dadurch passierte es. Das Handtuch löste sich und fiel herunter.

Mr. Bad Boss Brandon Cooper stand nackt vor mir.

In seiner ganzen Pracht!

Ich konnte nichts dafür, denn bewusst hätte ich es niemals getan. Aber es war wie ein Zwang, dass ich meinen Blick zu seiner Körpermitte wandern ließ.

Es war ein wahres Prachtstück, das sich mir entgegenreckte und sich unter meinem hypnotisierten Blick Zentimeter für Zentimeter aufrichtete, bis es wie die fleischgewordene Versuchung nach oben zeigte.

Ich schnappte nach Luft!

Im Rausch

Mein Herz klopfte so stark, dass ich dachte, es würde mir aus der Brust springen. Mein Mund war trocken. Ich schluckte schwer.

Und was passiert jetzt?

Was sagte man in solch einem Moment?

Entschuldigung?

Wie sollten wir beide aus dieser Situation herauskommen, ohne dass es irgendwie ... *noch* seltsamer wurde?

Ich hob meinen Blick und starrte Brandon Cooper entsetzt an. Er grinste, als sei das, was hier gerade zwischen dem Boss und seiner Assistentin passierte, das Natürlichste auf der Welt. In aller Seelenruhe stellte er die beiden Dosen Bier auf dem Küchentisch ab.

Sein Schwanz bewegte sich keinen Millimeter nach unten und ... mir blieb die Spucke weg. Ich war keine Jungfrau mehr, hatte bereits ein paar Männer im Bett gehabt. Aber so etwas ... Perfektes ... hatte ich noch nie gesehen.

Brandon bückte sich, um das Handtuch aufzuheben.

Ich wollte schon aufatmen, wollte der Tür einen Schubs verpassen, um ganz schnell ins Wohnzimmer zu flüchten. Er würde sich anziehen, es war ja noch nicht einmal Abend, und ich würde in ein Kleid schlüpfen und dann würden wir die Pizza essen, ein oder zwei Gläschen trinken und so tun, als wäre überhaupt nichts geschehen.

Das war mein Plan.

Doch er band sich das Handtuch nicht um die Hüften, sondern warf es auf den Tisch.

Bevor ich richtig mitbekam, was passierte, hatte er schon meine Handgelenke gepackt und mich an die Wand gedrückt.

„Mr. Cooper! Was machen Sie da?"

Ich hatte das Gefühl, es laut geschrien zu haben, aber aus meinem Mund kam es eher wie ein Flüstern.

„Es macht mich an, wenn du mich Mr. Cooper nennst", raunte er. „Bleib dabei."

Ich spürte, wie ich wütend wurde *und* ich spürte, wie ich feucht wurde. Schon alleine der Anblick seines Prachtschwanzes hatte dafür gesorgt, dass mein Hormonsystem verrücktspielte. Nun fühlte ich seine Härte auch noch an meinem Bauch.

Du Verräter, sagte ich zu meinem Körper, der danach gierte, dass mehr passierte. *Du mieser Verräter!*

Doch so schnell würde ich meinem Verlangen nicht nachgeben.

Es ist Bad Brandon Cooper, der sich da an dich drückt! Das Ekelpaket, das dich abfällig behandelt. Hörst du!!?

Während ich noch dagegen ankämpfte, mich einfach so von ihm nehmen zu lassen, hatte ein Teil von mir sich ihm schon ergeben.

Brandon hielt meine Handgelenke mit einer Hand fest und hob sie über meinen Kopf. Mit der anderen Hand - wie machte er das bloß, er war doch verletzt - fuhr er in meine Schlafanzughose.

„Nein!"

Dieses Mal hatte ich es tatsächlich geschrien.

Aber ich hörte selbst, dass es dennoch nicht überzeugend klang.

Denn mein Unterleib schrie noch viel lauter: „Ja, ja, ja!"

Trotzdem gab ich nicht auf. Ich bewegte mein Becken nach hinten und kreuzte ein Bein über das andere, um es ihm unmöglich zu machen, an die Stelle zwischen meinen Beinen zu kommen.

Ich musste mich gegen ihn wehren. Ich musste es einfach!

Obwohl ich viel lieber nachgiebig gewesen wäre und ihm alles erlaubt hätte ...

„Ich will das nicht!"

„Ja, ich merke, dass du nicht willst", grinste er unverschämt.

„Du ... du ...", stammelte ich.

Wenn ich gekonnt hätte, wie ich wollte, hätte ich ihm eine Ohrfeige verpasst.

Was bildete dieser Kerl sich ein?

„Du solltest mich doch Mr. Cooper nennen", raunte er mir ins Ohr.

„Nein!"

„Nein wozu? Dass du mich Mr. Cooper nennen sollst oder dazu, dass du meine Hand nicht zwischen deinen Beinen spüren willst, Sweety?"

Und dieses Wort ... dieses eine Wort sorgte dafür, dass ich mich fühlte, als hätte er mir kaltes Wasser über den Kopf geschüttet.

„Lass mich los!", sagte ich in eiskaltem Ton.

Er nahm seine Hände so abrupt von mir, dass sich die plötzliche Freiheit, meine Arme wieder bewegen zu können, fast unwirklich anfühlte.

Er rückte von mir ab, nahm das Handtuch vom Tisch und band es sich um.

Ohne es unter Kontrolle zu haben, stieg eine Riesenwut in mir hoch und packte mich.

„Brandon Cooper, du Arsch!“, stieß ich zwischen den Zähnen hervor, hob meine zu Fäusten geballten Hände und schlug auf seine Brust ein.

Er lachte. Dann hielt er meine Handgelenke fest. Und lachte noch immer.

„Wer wird denn auf seinen Boss einprügeln? Hast du deinen Plan, einen festen Arbeitsvertrag von mir zu bekommen, etwa aufgegeben, Sweety?“

„Sweety!“, schrie ich. „Sweety! Wenn du mich noch einmal so nennst, dann ...“

Er sah mich interessiert an.

„Was wirst du dann?“

„Dir die Nase abbeißen!“, fauchte ich.

Er bog sich vor Lachen und ich nutzte die Gelegenheit, mich von ihm freizumachen.

Schnell war ich aus der Küche draußen, schnappte meine Sachen, die inzwischen trocken waren und zog auch den Trolley hinter mir her, als ich ins Bad hastete und die Tür absperrte.

Dann setzte ich mich auf den Toilettendeckel und ließ die Tränen laufen.

Was für eine beschissene Idee, mich mit diesem Typen auf so ein „Arrangement“

einzulassen! Was für eine beschissene Idee, bei ihm arbeiten zu wollen!

Der wird sich doch immer wie der Obermacho aufführen! Da konnte ich tun und lassen, was ich wollte.

Willst du so etwas?

Den ständigen Kampf. Immer auf der Hut sein müssen. Abfällige Bemerkungen ertragen.

Ich schüttelte den Kopf.

Der Kerl hat doch einen Schuss!

Ein Psychopath ist das!

Ich schniefte leise, damit er nicht hörte, wie es mir ging.

Ich will nach Hause!

Dieses Spiel war nicht meins. Heute war der 24.! Ich wollte bei meiner Familie sein, wollte Weihnachtslieder singen, Geschenke auspacken, Kartoffelsalat und Würstchen essen ...

Bei dem Gedanken knurrte mein Magen so laut, dass ich dachte, Ekelpaket Cooper müsste es durch die geschlossene Tür hören.

Und wenn ich schon kein richtiges Weihnachten bekomme, dann will ich wenigstens ... wenigstens ... ein wenig Freundlichkeit.

Während ich das dachte, wusste ich, dass ich mir selbst etwas vormachte. Ich wollte etwas ganz anderes von ihm!

Aber das wirst du von ihm nicht bekommen ...

Ich erhob mich vom Toilettendeckel und sah in den Spiegel. Meine Haare hingen wirr um meinen Kopf herum, meine Wangen waren gerötet. Ansonsten sah ich aus wie immer.

Was sollte ich jetzt tun?

Rausstürmen und abhauen!

Und dann? Im Schnee versinken, vom

Blizzard herumgewirbelt, von einem umfallenden Baum getötet werden? Und falls das nicht geschah, mich vor zur Straße kämpfen, den Daumen ausstrecken, ein Auto anhalten? Heute? Am Heiligabend? Und selbst wenn es klappen würde ... Ich hatte keine Ahnung, wo ich hier war, ob es einen Bahnhof gab und wie ich zurück nach Arlington Heights kommen konnte.

Du wirst wohl oder übel hierbleiben müssen!

Ich atmete tief durch. Dann wusch ich mir das Gesicht, bürstete meine Haare, tuschte meine Wimpern und legte Lippenstift auf. Ich öffnete den Trolley und holte das teure Kleid heraus, das ich heute Abend bei Ekelpaket Brandon Coopers Eltern hatte tragen wollen.

Es war lang und aus schwarzer Spitze. Das Dekolleté dezent, wie er es gewünscht hatte. Schlicht, klassisch, elegant. Ich schlüpfte hinein und betrachtete mich. Ich sah so umwerfend aus, dass ich mich kaum wiedererkannte. Dann zog ich die High Heels an. Das nette Mädchen von nebenan hatte sich in einen stilsicheren Vamp verwandelt.

In dieser Verkleidung würde ich ihm auf Augenhöhe begegnen. Ab sofort würde ich ihn mit derselben distanzierten Herablassung behandeln, wie er es mit mir immer tat.

„Zieh dich warm an, Brandon Cooper!“, murmelte ich.

Ich verließ das Badezimmer mit gerader Körperhaltung und hocherhobenem Kopf. Das Erste, was ich bemerkte, war der Duft, der durch den Wohnraum zog. Mir lief bei dem Gedanken, dass ich gleich etwas zu essen bekäme, das Wasser im Mund zusammen.

Von Mr. Bad Cooper war nichts zu sehen.

Ich ging zur Vitrine, holte Gläser, Teller, Besteck und Servietten. Es war nicht akzeptabel, dass er an Christmas Bier aus der Dose trank und es war genauso wenig in Ordnung, die Pizza, oder was auch immer Leckeres im Ofen garte, mit der Hand zu essen.

Ein Mann, der keine Manieren am Tisch hat, der hat auch keine im Bett.

Schlag dir solche Gedanken so-fort aus dem Kopf!

Es war egal, wie er im Bett war. Er war mein Boss und basta. Alles andere musste ich vergessen. Jetzt, auf der Stelle!

Ich deckte den Tisch, zündete Kerzen an und löschte die große Lampe an der Decke. Das Feuer im Kamin und die Stehlampe tauchten den Raum in orangefarbenes Licht.

Und wenn er nur für sich etwas zu essen macht?

Ich spürte, wie ich schon abermals Fäuste ballte und ging Richtung Küche. Vorsichtig drückte ich die Tür auf, damit nicht wieder ein Unglück passierte.

Aber auch hier war von Brandon nichts zu sehen. Ich öffnete den Herd. Auf einem Blech lagen zwei Pizzen und darunter brutzelte etwas in einer roten Soße.

„Da hast du Glück gehabt, Mr. Ekelpaket“,

sagte ich leise und schloss die Backofentür wieder.

„Wie hast du mich genannt?“

Ich drehte mich um. Betont langsam.

Vor mir stand Brandon, hielt eine Flasche Champagner, an der noch Schnee hing, in der Hand und pfiff anerkennend, als er mich von vorne sah. Er hatte wohl denselben Gedanken gehabt wie ich, denn er trug einen Anzug und ein weißes Hemd darunter.

Ich reckte mein Kinn und sagte von oben herab: „Der Tisch ist gedeckt. Wenn du uns bitte einschenken würdest! Die Pizzen dürften fertig sein.“

Dann stolzierte ich auf meinen hohen Hacken hinaus in den Wohnraum, um die Teller zu holen. Im Rücken spürte ich seinen bohrenden Blick.

Wir saßen uns gegenüber am Tisch. Ich versuchte, so entspannt wie möglich zu sein. Brandon sollte nicht merken, dass mich meine neue Rolle anstrengte.

Er hatte uns Champagner eingeschenkt und prostete mir zu.

Geht doch!

Heißhungrig schnitt ich ein Stück Pizza ab und kaute es genüsslich. Dieses Tiefkühlprodukt war kein Gourmet-Meisterwerk, aber ich war so hungrig, dass es mir wie die größte Delikatesse erschien.

Zwischendurch nahm ich einen Schluck von dem Champagner und sah zu meinem Gegenüber. Er war erstaunlich schweigsam. Obwohl ich das Gefühl hatte, er würde so gut aussehen wie noch nie, sah ich ihn unbeteiligt an und riss mich zusammen, nicht irgendetwas zu plappern, um die Stille, in der nur das Heulen des Blizzards zu hören war, zu unterbrechen.

Erst, als ich das letzte Stück Pizza kaute, machte er seinen Mund auf.

„Ich entschuldige mich in aller Form bei dir, Swee ... ähm, Mänju. Mein Verhalten war nicht in Ordnung."

Mir blieb die Spucke weg. Was war plötzlich in ihn gefahren? Brandon Cooper konnte sich tatsächlich wie ein normaler Mensch verhalten?

Mir lag es schon auf den Lippen, die Entschuldigung anzunehmen. Doch so leicht wollte ich es ihm nicht machen.

„In der Tat war es das nicht", sagte ich und sah ihn an, ohne eine Miene zu verziehen.

„Das waren meine Worte", sagte er, sah mich genauso unberührt an und mir war klar, dass diese Entschuldigung bereits das Maximale war, was ich von ihm erwarten konnte.

Ich sah ihm fest in die Augen, nahm mein Glas hoch, trank einen Schluck und fixierte ihn weiter mit meinem Blick. Dann stellte ich ihm eine Frage, die ich so neutral wie möglich formulierte.

„Was reizt die Frauen an dir?"

Ich trank noch einen Schluck.

„Ich frage mich: Sind die alle masochistisch?"

So wie ich es offensichtlich auch bin?

Brandon lachte. Es klang gehässig.

„Sie reiben sich an mir. Nein, nicht körperlich. Sie versuchen, mich einzufangen.“

Ich nickte. Das konnte ich mir gut vorstellen, dass es viele Frauen gab, die es wissen wollten. Frauen, die die Eine und Einzige für ihn sein wollten. Die sich nichts sehnlichster wünschten, als dass Brandon Cooper sein Herz für sie öffnete.

„Aber es wird keiner gelingen. Verstanden?“

Was sollte ich verstanden haben? Dass er ein arroganter, selbstverliebter Riesenarsch war? Das hatte ich doch schon vorher gewusst!

„*Warum* wird es keiner gelingen?“

Er sah mich böse an, stand auf und ging in die Küche.

Renn du nur weg vor deinen verdrängten Gefühlen.

Ich erhob mich ebenfalls und ging zur Musikanlage und suchte so lange, bis ich auf WBBM stieß, meinen Lieblingssender.

„All I want for Christmas is you“, lief gerade.

Ich lachte. Dieses Lied passt doch genau zu unserem Gesprächsthema.

Brandon kam mit zwei Tellern, auf die er Lasagne gehäuft hatte, an den Tisch.

„Der Hausmann steht dir gut“, sagte ich süffisant.

„Abspülen ist dann dein Job“, meinte er.

Ich lachte.

„Garantiert nicht. Ich bin hier Gast.“

„Du bist meine Assistentin!“

„Nicht hier und nicht heute!“

Er sah mich an, als wollte er mir gleich etwas Böses an den Kopf werfen. Ich hielt seinem Blick stand und sah ihn genauso kalt an, wie er mich.

Du kannst mich mal, Brandon Cooper. Wenn du meinst, mich erpressen zu können, liegst du falsch. Und wenn ich aus dieser Stadt und von diesem Kontinent verschwinden muss. Aber mit mir machst du so einen Mist nicht mehr!

Da packte er mich am Kinn, hob meinen Kopf an und es sah aus, als wollte er etwas zu mir sagen.

Ich hielt die Luft an.

Einen Moment später knurrte er wie ein wild gewordener Löwe, ließ los und setzte sich auf seinen Platz.

Er hob sein Glas und prostete mir zu.

„Auf mich!“, sagte er und trank es leer.

„Und auf mich!“, sagte ich und leerte mein Glas ebenfalls.

Spürten dominante Männer, wenn sie plötzlich die Macht über ihre Opfer verloren?

Oder zumindest einen Teil ihrer Macht ...

Brandon jedenfalls war für seine Verhältnisse fast schon charmant, als wir über Alltägliches plauderten, während wir die Lasagne verspeisten.

Bis zu dem Zeitpunkt, als er sagte: „Hättest du wirklich nicht gewollt, hättest du mir dein Knie in die Weichteile gerammt, statt in gespielter Keuschheit deine Beine zusammenzupressen als seist du die Jungfrau vom Lande!“

Es klang wie ein Vorwurf. So, als hätte ich

falsche Zeichen gesetzt.

Hast du ja auch ...

Jedenfalls hatte mein Körper etwas anderes gesagt als mein Mund.

Trotzdem!

Wenn eine Frau Nein sagt, hat der Mann das zu respektieren. Egal, wie ihr Körper reagiert!

Aber das war es nicht, was ich ihm um die Ohren hauen wollte, denn das käme sowieso nicht bei ihm an. Es war besser, seine Sprache zu verwenden.

Also kniff ich meine Augen ein Stück weit zusammen und sagte: „Wenn du drauf stehst, mein Knie zu spüren? Kein Problem. Verdient hast du es allemal. Mister. Cooper."

Er stand so ruckartig auf, dass sein Stuhl umflog.

Mit einer Hand fegte er die Teller und Gläser vom Tisch.

Mit zwei Schritten war er bei mir und packte mich.

Leidenschaft

Starr vor Angst sah ich ihn an.

Dieser Kerl ist verrückt!

Und obwohl ich eine Riesenangst vor ihm hatte, hörte ich mich sagen: „Das räumst aber *du* alles auf!“

Doch schneller, als ich reagieren oder mich gar wehren konnte, lag ich auf dem Sofa und Brandon war über mir und hielt wieder meine Handgelenke fest, als würde er befürchten, ich könnte erneut auf ihn losgehen.

Mit der anderen Hand hatte er mich um die Taille gefasst und packte auch da fest zu.

„Du Biest“, fauchte er und es hörte sich an, als wäre der Löwe endgültig los und hielt seine Beute zwischen den Klauen.

„Mr. Cooper!“, war das Einzige, das ich über die Lippen brachte, so überrascht war ich von diesem Überfall.

Und dann passierte etwas, womit ich niemals gerechnet hätte.

Bad Boss Brandon Cooper presste seine Lippen auf meine!

Der Mann, der mir vor zwei Tagen gesagt hatte, er würde mich nicht anrühren und der seine Hand abwischte, nachdem er mich angefasst hatte ... dieser Mann küsste mich!

Er küsste mich mit einer Heftigkeit, die jegliche Gegenwehr unmöglich machte. Und ich wollte mich auch gar nicht gegen ihn wehren.

Denn seine Lippen ... sie waren so zart und so fordernd. Und seine Zunge, mit der er in mich eindrang ... Es fühlte sich an wie eine Naturgewalt, die über mich hereinbrach. Ähnlich wie der Blizzard, der mich umgeworfen hatte, war es jetzt Brandon, der mich ohnmächtig machte.

Nach dem ersten Schock küsste ich ihn zurück. Ich küsste ihn mit derselben Leidenschaft, mit der er es tat.

Und ich spürte, wie ich mich unter seinem Gewicht entspannte, wie ich mich ihm hingab und mich danach sehnte, dass mehr passierte. Ich wollte auch ihn umarmen, wollte ihn an mich pressen.

Bad Boss? Ekelpaket?

Wer war das?

Nicht dieser Mann, der auf mir lag. Der war wunderschön und er brachte etwas in mir zum Schwingen und sorgte dafür, dass ich alles um mich herum vergaß. Alles ...

Bis er seine Hand unter mein Kleid schob und daran zerrte, als wollte er es auseinanderreißen.

„Nicht kaputt machen“, japste ich.

„Kriegst ein Neues!“, brummte er und machte weiter.

Und schon hörte ich es ratschen.

Dann legte er seine Hand auf meinen Schritt.

„Genau an diese Stelle wollte ich, als ich dich das erste Mal gesehen habe.“

Seine Stimme war rau, als er das sagte.

„Mr. Cooper, du lügst!“

„Ich lüge nie, Swee ... Mänju!“

Er ließ meine Handgelenke los, kniete sich zwischen meine Beine und packte mit beiden

Händen zu, als er es von oben bis unten auseinanderriss. Dann betrachtete er mich und ich genoss es, wie sein Blick über meinen Körper strich.

Plötzlich lachte er auf.

Ich sah ihn irritiert an und in mir stieg Angst hoch.

Bitte! Bitte werd jetzt nicht wieder ekelhaft!

„Du hättest dir auch neue Dessous kaufen sollen!“, knurrte er.

Dann wurde sein Blick auf einmal weich und ... ich schwöre ... in diesem Moment verliebte ich mich bis über beide Ohren in ihn.

Brandon strich so zart über meine Brüste, dass es war wie ein Schmetterlingshauch. Augenblicklich bekam ich am ganzen Körper eine Gänsehaut.

„Dass du so zärtlich sein kannst ...“, seufzte ich.

Einen Moment später packte er so fest zu, als wollte er mich vom Gegenteil überzeugen. Doch auch das machte mich an. Es war so unglaublich erregend, wie er meine Brust mit seiner Hand festhielt, als wollte er mich ganz und gar in Besitz nehmen. So, als wollte er mir mit seinem Fingerabdruck einen Stempel aufdrücken, auf dem stand: „Eigentum von Brandon Cooper“.

Ich stöhnte auf.

Er beugte sich zu mir hinunter und berührte mit seinen Lippen meine Nippel. Wieder war er sanft und wieder bekam ich eine Gänsehaut.

Dann schloss er seine Lippen um meine linke Brust und saugte so fest daran, dass ich spürte, wie die Gier durch meinen Körper zog, um zwischen meinen Beinen ein Feuer zu entfachen.

Ich schrie auf. Was er tat, fühlte sich so gut an, dass ich dachte, ich müsste gleich vor Lust vergehen.

Er hielt inne und sah mich intensiv an und ich spürte, wie ich noch feuchter wurde.

„Wusste ich es doch!", zischte er, legte seinen Mund wieder auf meine Brust und saugte fest daran.

Dann ließ er von mir ab, packte mich an der Hüfte und schob mich so auf dem Sofa herum, dass ich saß und meine Beine auf dem Boden standen. Mit einem Ruck streifte er mein Höschen nach unten, spreizte meine Beine und versenkte für einen Augenblick seinen Blick in meinem Schoß.

„Wie schön sie ist", sagte er und es klang fast poetisch.

„Und sie trieft vor Geilheit" fügte er hinzu, und das klang ganz nach ihm.

Dennoch sorgte es dafür, dass ich noch heißer wurde, denn es machte mich an, ihm zu zeigen, wie sehr ich ihn wollte.

Er durchbohrte mich mit seinem Blick, als er sein Hose öffnete. Sofort schnellte mir sein Prachtschwanz entgegen und stand genauso in die Höhe, wie vorhin in der Küche.

„Fass ihn an!"

Diesem Befehl kam ich zu gerne nach. Er

fühlte sich seidig an und die Haut war so zart und gleichzeitig war er so hart, dass ich sehnsuchtsvoll stöhnte.

„Nimm ihn in den Mund!“

Ich beugte mich nach vorne und sah ihn bewundernd an, bevor ich mit meiner Zunge über die seidenglatte Haut seiner Eichel fuhr.

Er stöhnte genüsslich.

„So ist es gut!“, sagte er, packte meinen Kopf und schob seinen Schwanz weit in meinen Mund hinein.

Ich wollte protestieren, wollte sagen, dass er viel zu groß sei, um so tief in mich einzudringen. Aber gleichzeitig machte es mich an, seine Lust zu sehen und seine Gier zu spüren.

Er riss sich das Jackett vom Leib und auch sein Hemd und während ich seinen Schwanz mit meinen Lippen liebkoste und mit der Zunge umspielte, konnte ich seinen wunderschönen Oberkörper betrachten.

Ich streckte eine Hand hoch und strich über seinen muskulösen Bauch. Seine Haut war tatsächlich so zart, wie ich es mir schon gedacht hatte.

Ohne Vorwarnung zog er sein Prachtstück zurück.

Er fuhr mit seinem Finger durch meine Spalte, und zog ihn feucht wieder hervor.

Es war, als hätte mir jemand einen Stromstoß verpasst.

„Du geiles Stück!“

Sprich nicht so mit mir, Brandon, hätte ich am liebsten gesagt. *Küss mich lieber.*

Aber ich brachte es nicht über die Lippen. Es entsprach der Wahrheit, dass ich heiß auf ihn war und ich sehnte mich danach, dass er mich nahm, dass er mich endlich mit seinem Schwanz ausfüllte.

„Ja, ich bin geil“, fauchte ich und spreizte meine Beine noch ein bisschen mehr. „Komm!“

„Steh auf und dreh dich um!“, befahl er.

„Nein!“, sagte ich. „Ich will dich sehen, wenn wir uns lieben.“

Er verzog schmerzhaft das Gesicht und ich bemerkte meinen Fehler.

„Wenn du mich vögelst, Brandon!“, stieß ich hervor. „Wenn du mich vö-gelst!“

Hatte ich wirklich damit gerechnet, dass er auf das, was ich sagte, hören würde? Dass er auf meine Wünsche Rücksicht nahm? Nach meiner Bemerkung wahrscheinlich noch weniger als sonst.

Kaum hatte ich den Gedanken zu Ende formuliert, steckte schon sein Finger in mir und als er ihn herauszog, verteilte er die Nässe auf meiner Perle und er musste nicht lange reiben, bis sich alles in mir zusammenzog und ich einen explosiven Orgasmus hatte.

Ermattet sank ich in mir zusammen.

Da packte er mich, drehte mich um, schob das zerrissene Kleid von meinem Po, brachte meinen Unterleib in Positur und bevor ich protestieren konnte, spürte ich schon seinen Schwanz an meiner Pforte und dann drang er in mich ein.

Ich schrie, so sehr machte es mich an, ihn in seiner vollen Größe in mir zu spüren. Er fühlte sich an, als hätte ich mein Leben lang nur darauf gewartet, von ihm genommen zu werden.

Brandon schlug mir auf den Po, als wollte er mich dafür tadeln, dass ich zu viel Lust empfand. Oder wollte er mich anstacheln, noch mehr zu zeigen, was ich fühlte?

„Beweg dich!“, sagte er, während er mich an der Hüfte packte und mich mit seinem Schwanz malträtierte.

Hätte es mich nicht aufregen müssen, dass er mir Befehle erteilte? Hätte ich mich nicht dagegen wehren sollen, dass er lieber auf meinen Rücken sah als in mein Gesicht?

Ich schämte mich dafür, dass es mich anmachte, dass er mich benutzte. Denn ich wollte ihm gefallen, wollte ihm zu Willen sein. Aber genau daraus zog ich meine Lust. Genau das war es, was mich mehr erregte als alles andere.

Er hielt mich fest, als sei ich ein Beutestück und stieß immer schneller und immer fester zu und ich genoss es, wie ich es noch nie genossen hatte, von einem Mann gevögelt zu werden, wenn ich mich auch danach sehnte, dabei gestreichelt und von ihm geküsst zu werden.

Doch die Lust überrollte diese Sehnsucht. Sie kam in immer neuen Wellen auf mich zu und trug mich mit sich fort.

Und dann war es wie ein Blitz, auf den sofort der Donner folgte und ich hatte das Gefühl, dass mein ganzer Körper vibrierte und im selben Moment hörte ich, wie der Löwe brüllte und mich fest umklammerte, als wollte er mich nie mehr wieder loslassen.

Brandon war in mir gekommen. Er hielt mich weiter an der Hüfte fest und ließ sich auf das Sofa fallen und so landete ich auf seinem Schoß und drehte ihm noch immer den Rücken zu.

Er streichelte über meine Brüste und ich ließ meinen Kopf nach hinten sinken, in der Hoffnung, dass er mich küssen würde.

Ich bräuchte ein Zeichen der Zuneigung und sei es auch noch so winzigklein.

Als er keine Anstalten dazu machte, drehte ich den Kopf und gab ihm einen Kuss auf den Hals.

Sofort schob er mich herunter von seinem Schoß und sprang auf.

Ich nickte verstehend.

Was hast du denn erwartet?

Er verschwand ohne ein Wort in der Küche und ich stand auf, um ins Bad zu gehen.

Schnell unter die Dusche und alles abwaschen.

Ein Teil von mir fühlte sich beschmutzt und sehnte sich nach heißem Wasser, als sei das die tröstliche Umarmung, auf die ich gehofft hatte. Der andere wollte ihn noch einmal spüren, wollte sich ihm noch einmal hingeben, wollte alles für ihn sein.

Ich ließ das heiße Wasser über mich laufen, bis ich mich wieder eins mit mir selbst fühlte, zumindest so weit, dass ich ihm gegenübertreten konnte, ohne mich in Sehnsuchtsgefühlen zu verlieren und etwas zu ihm zu sagen, was ich hinterher bereute.

Jetzt traute ich mich auch, in den Spiegel zu schauen. Eine Frau mit glänzenden Augen und rosa angehauchten Wangen sah mir entgegen.

Hast du gerade einen riesigen Fehler gemacht, Manu?

Ich zuckte mit den Schultern, wandte mich ab und zog mich an. Dieses Mal verzichtete ich auf den Schlafanzug. Es wäre zu lächerlich gewesen, darin aus dem Badezimmer zu kommen, nachdem Brandon mich gerade nackt gesehen hatte.

Ich ging zurück ins Wohnzimmer. Mein Boss, der jetzt auch noch mein Lover war, hatte Holz nachgelegt. Aber von ihm war nichts zu sehen.

„Brandon?“, rief ich.

Keine Antwort.

Vorsichtig ging ich auf nackten Füßen an den kaputten Tellern und Gläsern vorbei, um mich nicht zu verletzen. Genauso vorsichtig öffnete ich die Schwingtür zur Küche. Dort war es dunkel und ich hörte ihn knurren, bevor ich ihn sah.

Ich schaltete die Stehlampe neben der Tür an.

„Was gibt es, Sweety?“, fragte er, mit einer Wodkaflasche in der Hand. „Fühlst du dich einsam?“

Er setzte die Flasche an und nahm einen Schluck.

„Was ist los? Was machst du im Dunklen?“,

fragte ich.

„Ich trinke! Das siehst du doch!“

„Wieso? Was ist mit dir? Hast du Schmerzen?“

Im Laufe des Abends war sein Auge immer mehr blau angelaufen.

Er hielt mir die Flasche hin.

„Magst du auch?“

„Kommt da wieder der gute Gastgeber durch?“, spöttelte ich, nahm die Flasche und trank.

Sofort musste ich husten.

Er nahm mir die Flasche ab.

„Kommst du mit ins Wohnzimmer?“, fragte ich.

Er schüttelte den Kopf.

Ich spürte, wie die Enttäuschung in großen Wellen angerauscht kam und mich mit sich riss.

„Warum nicht? Es war doch gerade so ...“

Erschrocken schloss ich den Mund. Mir kam die Blondine in den Sinn. Hatte sie nicht etwas Ähnliches zu ihm gesagt, als sie im Büro aufgetaucht war? Und hatte er sie daraufhin nicht kalt lächelnd abserviert?

So tief wirst du nicht sinken, dass du ihn anbettelst!

Ich lächelte ihn spöttisch an, drehte mich um und verließ, ohne noch ein Wort zu ihm zu sagen, hocherhobenen Hauptes die Küche.

Und dann stand ich orientierungslos mitten im Wohnzimmer, sah auf das Sofa, auf dem wir gerade Sex gehabt hatten, sah noch die Abdrücke unserer Körper auf dem weichen Leder und sehnte mich so sehr danach, dass er kommen und mich in den Arm nehmen würde, dass es wehtat.

Und nun? Was machst du nun, Manu?

Wie verhielt man sich in solch einer Situation?

Sollte ich mich aufs Sofa legen und den Fernseher einschalten?

Ich werde sowieso nicht hinsehen.

Ins Bett gehen und lesen?

Ich werde keinen einzigen Satz zu Ende bringen.

Mich hinsetzen und warten, bis er kommt?

Räum doch gleich die Schweinerei weg, die er auf dem Boden angerichtet hat! So unterwürfig, wie du gerade warst!

Ich spürte Bitterkeit in mir aufsteigen, weil ich wusste, dass ich nun eine von vielen auf seiner Abgehaktliste war. Und Zorn spürte ich auch. Zorn auf mich selbst.

Warum hast du es zugelassen, dass er mit dir geschlafen hat?

Aber lag die Antwort nicht auf der Hand?

Trotz meiner Versuche, vor ihm zu fliehen ... Obwohl ich mitbekommen hatte, was für ein rücksichtsloser Egoist er war ... Und obwohl dieser Mann garantiert einen Knall hatte ...

Seit dem ersten Blick, den ich auf ihn geworfen habe, bin ich ihm verfallen.

Die Erkenntnis traf mich mit voller Wucht.

Ich hatte mir das nur nicht eingestehen wollen.

Brandon Cooper, du Ekelpaket! Ich bin in dich verliebt ...

Hilfe!

Ich bin verloren ...

Weihnachtswunder

An zwei Kissen gelehnt, saß ich in dem breiten Bett, das Brandon vorhin bezogen hatte, und wie erwartet, war es unmöglich, mich mit einem Buch davon abzulenken, dass er sich lieber in der Küche mit einer Flasche Wodka vergnügte, statt hier im Bett mit mir.

Wie wild durcheinandergewirbelte Bilder lief das, was gerade zwischen uns geschehen war, vor meinem inneren Auge ab. Ich schmeckte noch einmal seinen Mund auf meinen Lippen, spürte seine Hände auf meiner Brust, sein Prachtstück in mir. Und ich spürte dem Gefühl nach, ihm so nahe gewesen zu sein.

Wenn es von seiner Seite auch nur körperlich war ...

Mit einem Ohr war ich draußen und lauschte, ob irgendwelche Geräusche aus der Küche drangen.

Anscheinend war ich dann doch eingeschlafen. Denn plötzlich schrak ich hoch, weil ich ein polterndes Geräusch hörte. Als ich die Augen aufriss, sah ich, wie Brandon ins Zimmer kam und sich auf das Bett fallen ließ.

Er schien betrunken zu sein. Jedenfalls wirkten seine Bewegungen fahrig und er hatte eine Wodkafahne.

„Hallo, Sweety“, sagte er.

Ich verdrehte die Augen.

„Nenn mich doch bitte nicht so!“

„Wie willst du dann genannt werden?“

„Manu!“

„Hallo, Mänju“, sagte er gut gelaunt und lächelte mich freundlich an.

Ich war perplex.

Dass er das *kann!?*

Gespannt beobachtete ich, wie er seine Socken packte, daran zog und sie in die Ecke pfefferte.

Der Kerl war *eindeutig* betrunken!

Was wird er jetzt tun? Die zweite Decke nehmen und auf eines der beiden Sofas flüchten?

Das wäre jedenfalls eine für ihn typische Reaktion.

Aber nein. Als er nackt war, rutschte er herüber zu mir unter meine Decke.

Obwohl ich mich danach gesehnt hatte, ihn neben mir zu spüren, erschrak ich über diese plötzliche Wendung und machte mich ganz steif.

„Ist hier noch Platz für mich?“, fragte er und schob, ohne eine Antwort abzuwarten, seinen Arm unter meine Schulter und zog mich an seine Brust.

„Anlehnungsbedürftig?“, spöttelte ich und tat so, als würde ich mich gegen seine Umarmung wehren.

Aber in Wirklichkeit klopfte mein Herz so heftig, dass ich glaubte, man müsste es bis nach Chicago hören.

Brandon Cooper lag nackt neben mir und hielt mich in seinem Arm. War ein Wunder geschehen? Ich fühlte mich, als hätte das Christkind mir meinen größten Weihnachtswunsch erfüllt.

Er bohrte seine Nase in mein Haar und streichelte über meine Brüste. Es fühlte sich fast liebevoll an.

„So schön, dass du da bist“, murmelte er.

Es klang zärtlich und mir wurde klar: Entweder war tatsächlich ein megagroßes Wunder geschehen oder aus ihm sprach der Alkohol.

Ich tippte auf den Alkohol.

„Du fühlst dich so gut an.“

Er schob meine Haare zur Seite und küsste die Stelle über meinem Ohr.

„Ich habe schon wieder Lust auf dich.“

Er nahm meine Hand und legte sie auf sein Prachtstück, das zu neuem Leben erwacht war.

Ich hielt die Luft an, als könnte ich damit das, was gerade zwischen uns geschah, für alle Zeiten festhalten.

Was war plötzlich mit ihm los? Kam jetzt, im betrunkenen Zustand, der wahre Brandon zum Vorschein?

Ich drehte meinen Kopf zu ihm und küsste ihn. Er küsste genauso leidenschaftlich zurück wie vorhin, aber dieses Mal viel gefühlvoller. Und während wir uns küssten, streichelte er mir über das Gesicht und den Hals und erst dann fuhr er mit seiner Hand weiter in Richtung meiner Brüste.

Ich genoss jede seiner Berührungen, ich genoss seine Küsse, ich genoss es, endlich das zu bekommen, wonach ich mich so sehr gesehnt hatte: seine Zärtlichkeit.

Dafür nahm ich auch seine Wodkafahne in Kauf und dass er offensichtlich nicht ganz bei Sinnen war, ebenfalls.

Als er ein Stück von mir abrückte, zuckte ich zusammen.

Ging es jetzt weiter wie vorhin?

Aber nein, er küsste sich über meinen Hals, meine Brüste und meinen Bauch hinunter zu meiner Perle. Während er sie mit seiner Zunge liebkoste, glaubte ich, zu schweben. Es war, als wäre ich in einer anderen Sphäre gelandet, in der alles wunderschön, voller Wohlbehagen und unendlicher Leichtigkeit war.

Bis er seine Zunge immer schneller bewegte und auch von seinen Fingern Gebrauch machte, um sie in mir zu versenken.

„Komm zu mir“, bat ich.

„Komm zu mir“, flehte ich.

„Bitte ... bitte ...“

Aber er schien es nicht zu hören oder nicht hören zu wollen.

Ich vergrub meine Hände in seinen Haaren und es fehlte nicht viel und ich hätte richtig zugepackt und seinen Kopf weggezogen, um ihn sofort wieder an mich zu drücken, denn ich hielt dieses Spiel seiner Zunge nicht mehr aus und da ... endlich ... zog sich in meinem Unterleib alles zusammen und ich hatte den wundervollsten Orgasmus, den ich jemals erlebt hatte, denn *er* hatte ihn mir geschenkt und er hatte ihn mir mit Hingabe geschenkt.

Und dann legte er sich auf mich und drang

endlich in mich ein. Er tat es mit Zärtlichkeit und Genuss und er küsste mich dabei. Streichelte mich. Dieses Mal war er nicht brutal und egoistisch wie vorhin, sondern voller Gefühl. Es war, als wollte er mir Wonnen bereiten und dennoch ... fühlte es sich an, als wollte er mich besitzen, als würde er mich als sein Eigentum brandmarken.

Es war sanfte Gewalt, die er mir antat. Und es fühlte sich so unsagbar innig an, was er mit mir machte.

Aber das wirklich Besondere war, dass er mir in die Augen schaute. Die Kälte war aus seinem Blick verschwunden und hatte einem Leuchten Platz gemacht.

Wo kam das plötzlich her? War es der Alkohol, der aus seinem Blick und seinen Berührungen sprach und der eine ganz andere Seite aus ihm hervorholte?

Ich schloss die Augen, denn ich spürte, wie Tränen der Glückseligkeit über diese Wandlung in mir hochstiegen. Das durfte er nicht sehen. Ich drückte meinen Kopf an seine Schulter und bewegte mich im Takt mit ihm.

Und dann spürte ich nur noch. Spürte ihn in mir. Spürte, wie ich immer feuchter, immer erregter wurde, spürte wie ihn meine Leidenschaft anturnte.

Bis mich die Welle eines Orgasmus davontrug ...

Einen Moment später brüllte der Löwe, als hätte er darauf gewartet, ebenfalls zum Höhepunkt zu kommen. Aber eigentlich war es gar kein Brüllen mehr. Es klang eher wie das Schnurren einer gezähmten Wildkatze.

Dann lagen wir, ermattet vom Liebesspiel, nebeneinander, bis er mich wieder zu sich heranzog. Und so ruhte mein Kopf auf seiner Brust und ich konnte seinen wunderbaren Duft einatmen, der auch jetzt eine Mischung aus Sandelholz, Moschus und einer Spur Schweiß war.

„Ich kann dich gut riechen“, sagte ich und biss mir auf die Zunge, kaum hatte ich es ausgesprochen.

Bitte sag jetzt nichts Blödes, flehte ich leise. *Bitte zerstör nicht die zauberhafte Stimmung zwischen uns.*

Aber er sagte nichts, sondern zog mich noch ein wenig enger an sich heran, legte zwei Finger unter mein Kinn, hob es an und gab mir einen zärtlichen Kuss.

All das fühlte sich so wunderbar an und trotzdem - oder gerade deshalb –, stieg plötzlich Angst in mir hoch.

Was passiert, wenn er wieder nüchtern ist?

„Haben wir noch ein wenig Champagner?“, fragte ich.

„Eine der Flaschen ist noch halbvoll.“

„Krieg ich was davon?“

Er zog seinen Arm weg und schob mich von seiner Brust. Als er aufstand, schwankte er ein wenig und ich schämte mich für meinen Versuch, seinen Alkohollevel konstant zu halten.

Trotzdem fragte ich: „Trinkst du auch noch was?“

Ich spürte, wie mein Gesicht heiß wurde. Wahrscheinlich war ich knallrot geworden.

„Aber natürlich“, antwortete er und ging in die Küche.

Ich hörte, wie er die Tür zur Veranda öffnete. Kurz darauf betrat er mit der Flasche in der Hand das Schlafzimmer.

Er reichte sie mir. Ohne Glas. Ich setzte sie an, nippte daran und gab sie ihm zurück. Wie erwartet, nahm auch er einen großen Schluck.

Er stellte die Flasche auf dem Boden ab, legte sich neben mich und zog mich wieder an seine Brust.

Ich wartete, ob er irgendetwas zu mir sagen würde. Ob er irgendeine Erklärung abgeben würde. Doch er schwieg. Es war nur tiefes Atmen zu hören, die Folge dessen, dass er sich körperlich gerade ziemlich verausgabt hatte. Unter meiner Hand konnte ich fühlen, wie sein Herz kräftig pochte.

„Sag mal ...", begann ich ganz vorsichtig.

Aber dann wusste ich nicht weiter. Wie stellte man es an, einen verschlossenen Mann auszuhorchen, wenn er gerade betrunken ist?

Am besten gar nicht! So etwas ist nicht in Ordnung.

Ich kämpfte noch mit meinem schlechten Gewissen, überlegte, ob und welche Fragen ich ihm stellen könnte, um herauszubekommen, warum er Frauen gegenüber so abweisend war.

Da merkte ich, dass sein Atem immer ruhiger wurde.

„Brandon?", flüsterte ich. „Brandon? Schläfst du schon?"

„Lass uns morgen reden, Daina", sagte er und drehte sich von mir weg.

Daina?

Der Bruder

Als ich am nächsten Morgen erwachte, war das Erste, woran ich dachte, dass ich gestern mit Brandon geschlafen hatte. Sofort breitete sich ein Glücksgefühl in mir aus. Doch einen Augenblick später gesellte sich Angst dazu. Vorsichtig fuhr ich mit der Hand zur anderen Bettseite, um zu spüren, ob er neben mir lag.

Enttäuscht zog ich sie zurück.

Ich setzte mich auf, lauschte, ob ich ihn draußen im Wohnzimmer hörte, und fuhr ordnend durch meine Haare. Dann schlüpfte ich in den Bademantel und öffnete die Tür zum Wohnraum. Dort war es taghell, denn die Klappläden waren zurückgeschlagen. Ich ließ meinen Blick durch das Zimmer gleiten. Von Brandon war nichts zu sehen, aber die Scherben und Glassplitter lagen noch immer auf dem Boden.

Mich fröstelte, obwohl im Kamin ein Feuer vor sich hinknisterte. Und ich hatte Angst, was auf mich zukommen und wie der Tag weitergehen würde.

Ich klopfte an die Badezimmertür. Als ich nichts hörte, öffnete ich sie. Auch hier war er nicht. Als ich meinem Blick im Spiegel begegnete, erschrak ich über die Unsicherheit, die mir aus meinen Augen entgegensprang. Schnell putzte ich meine Zähne, wusch die verschmierte Wimperntusche vom Gesicht und kämmte meine Haare.

Und jetzt Kopf hoch und auf in den Kampf!, sprach ich mir Mut zu.

Das Wohnzimmer war noch immer leer. Ich öffnete die Tür zur Küche. Auch hier war er nicht.

Ich schlüpfte in die Jeans und den kuscheligen Kaschmirpullover, zog Stiefel und Mantel an und ging vor das Haus.

Jetzt erst nahm ich wahr, dass es still war. Der Blizzard hatte sich verzogen und dem hier üblichen leichten Wind Platz gemacht. Der Himmel war wolkenfrei und die Sonne schickte ihre warmen Strahlen zur Erde, obwohl es sicher zehn Grad minus oder mehr waren. Aber das war zu dieser Jahreszeit ebenfalls normal. Um das Haus herum war alles voll mit Schnee, der bis zu den Wänden reichte. Nur der Weg war freigeschaufelt.

Und da sah ich ihn dann auch. Am Ende des Weges, der zur Einfahrt führte, parkte ein riesiger Geländewagen. Brandon stand davor und unterhielt sich mit demjenigen, der im Innern auf dem Fahrersitz saß.

Ich zögerte. Sollte ich hingehen und ihn begrüßen? Vor einem Fremden? Er würde sich garantiert anders verhalten, als wenn ich mit ihm alleine wäre. Das, was zwischen uns war, war so zerbrechlich. Ich konnte kein Risiko eingehen. Sobald wir uns gegenüberstanden, wollte ich seine ganze Aufmerksamkeit. Ich wollte in seine Augen sehen, wenn er mich zum ersten Mal nach dieser Nacht ansah.

Und da fiel es mir ein.

Daina ... Wer war Daina?

Ich spürte einen Stich mitten ins Herz.

Er hatte ihren Namen in einem Moment großer Nähe mit mir genannt.

War sie seine Freundin, von der ich bisher nichts gewusst hatte?

Aber wenn es so wäre ... Wieso hatte er dann nicht *sie* mit zu seinen Eltern genommen?

In dem Augenblick fuhr der Geländewagen weg, Brandon drehte sich um und kam auf mich zu. Das Erste, was mir an ihm auffiel, war sein Blick, der sich verdunkelte, als er mich sah und seine Wangenpartie, die sich anspannte. Das Zweite war das Veilchen, das er am Auge hatte. Inzwischen war es leuchtend blau geworden.

Zieh dich warm an, Manu ...

Am liebsten wäre ich in die Hütte gestürmt und hätte meine Sachen gepackt. Aber das wäre schon der dritte Fluchtversuch und ich wusste, dass ich es bereuen würde, wenn ich jetzt ginge und dass ich das Gefühl für ihn sowieso mitnehmen würde wie einen Teil von mir.

Ich schluckte und dann ... lächelte ich ihn an. Statt mich vor ihm zu ducken und Angst vor seiner Reaktion zu bekommen, öffnete ich mein Herz. Was konnte mir schon passieren? Dieses Gefühl, das ich für ihn hatte, konnte selbst er mir nicht nehmen.

Für einen Augenblick sah er mich überrascht an. Hatte er an meinem Blick erkannt, was in mir vorging?

Dann verschloss sich seine Miene wieder.

„Du hast zwanzig Minuten Zeit, deine Sachen zu packen“, sagte er, „und das Chaos von gestern Abend zu beseitigen.“

Ich lächelte ihn weiter an, obwohl das, was er gerade gesagt hatte, so unverschämt war, dass ich ihn besser mit meinem Blick aufgespießt hätte.

„Schönen guten Morgen, Brandon und Merry Christmas“, sagte ich.

Wieder sah er überrascht aus.

„Merry Christmas, Mänju“, zwang er sich über die Lippen. „Beeil dich. Mein Bruder kommt gleich zurück.“

„Dann solltest du mal ganz schnell die Scherben der Teller und Gläser, die du gestern zerschlagen hast, aufsammeln“, lächelte ich ihn an und drehte mich um.

Einen Moment später spürte ich seine Hand auf meinem Arm.

„Ich habe den Weg für dich freigemacht“, bellte er mich an. „Und ich habe noch ein paar Dinge zu tun. Übernimm du den Innenraum.“

Ich sah ihn skeptisch an.

„Es fehlt ein entscheidendes Wort, Brandon“, sagte ich dann, während ich wieder lächelte.

„Bitte!“, spuckte er aus, als hätte ich ihn gezwungen, Gift zu schlucken.

„Wenn du mich so nett bittest? Sehr gerne.“

„Spiel nicht mit dem Feuer“, zischte er.

Aber da war ich schon auf dem Weg in die Hütte.

Mr. Bad Boss Cooper ... ich habe deine andere Seite gesehen. Du kannst mir keine Angst mehr einjagen!

Die Scherben waren schnell zusammengekehrt, die Schmutzflecken rasch aufgewischt. Ich fühlte mich heiter und gelassen, wenn der erste Blick von ihm auch nicht so war, wie ich es mir gewünscht hatte. Doch mir blieben noch mindestens zwei Tage mit ihm. Das Blatt würde sich wieder wenden!

Das glaubte ich zumindest in diesem Moment.

„Hältst du es für klug, mich bei deinen Eltern ins offene Messer laufen zu lassen?“, fragte ich, als Brandon hereinkam, um seine Sachen zu packen.

Er sah so unfassbar sexy aus in seiner Jeans und der dicken Daunenjacke. So zum Dahinschmelzen schön. Nicht einmal das blaue Auge konnte etwas dagegen ausrichten. Im Gegenteil gab ihm das etwas Dunkles, Geheimnisvolles.

„Falls du willst, dass sie unser Spiel sofort durchschauen, fährst du allerdings die richtige Strategie“, sagte ich.

Ich lächelte ihn süffisant an. Aber so viel lieber wäre ich in seine Arme gesunken, hätte mich an seine starke Brust gekuschelt, seine Lippen auf meinen gespürt, Haut auf Haut ...

Bleib stark! Gestern kam er auch und hat dir gegeben, wonach du dich gesehnt hast.

Aber erst, nachdem er betrunken war!

„Du willst ihnen die Geschichte servieren, wie wir uns kennengelernt haben?“

„Auch.“

„Denk dir was aus. Du weißt doch, was die Eltern des Freundes gerne hören.“

Der Spott sprang mir aus seinen Worten

entgegen.

„Gut“, sagte ich und ... lächelte.

Brandon verschwand im Schlafzimmer und ich ging ins Badezimmer, tuschte meine Wimpern, malte meine Lippen an und als ich fertig war, hörte ich draußen ein Hupen.

Ich packte mein Schminkzeug ein und merkte, wie zittrig meine Hände waren.

Ekelpaket Brandon Coopers Eltern ... Ob sie wohl auch so *umgänglich* waren, wie er?

Schnell sprühte ich noch ein wenig Deo auf.

Falls sie mich ins Schwitzen bringen ...

„Los geht‘s“, rief er und hämmerte an die Tür.

Umgänglich! Sag ich doch!

Ich hatte mir keine Vorstellung darüber gemacht, wie Brandons Bruder sein könnte. Dazu war ich viel zu sehr auf meinen Bad Boss fixiert gewesen. Doch als ich hinter ihm zum Auto schritt, erwachte meine Neugierde.

Ein großer Mann, etwas jünger als Brandon, aber genauso attraktiv wie er, stieg aus, als er uns kommen sah.

„Darf ich dir meinen Bruder Aiden vorstellen, Mänju?“, fragte mein Boss so höflich, dass es mir fast die Sprache verschlug.

Aiden starrte mich an. Er sah aus, als würde ihm ein Gespenst gegenüberstehen.

War es so ungewöhnlich, dass sein Bruder eine Frau mitbrachte?

Brandon gab ihm einen Stoß in die Rippen.

„Willst du sie nicht begrüßen?"

„Doch, doch. Entschuldige bitte, Mänju. Aber du ..."

„Hilfst du mir mit den Koffern? Mein rechter Arm ist nicht belastbar", unterbrach Brandon ihn barsch.

„Ja, gleich!", sagte Aiden, ohne den Blick von mir zu nehmen.

„Hallo, Mänju. Schön, dich kennenzulernen."

Dabei lächelte er mich herzlich mit seinen warmen goldbraunen Augen an.

„Hallo, Aiden", sagte ich und verschluckte die Bemerkung, dass mein Name ‚Manu' war.

„Die Trolleys, Aiden", unterbrach Brandon uns schon wieder. „Ich will hier nicht festfrieren."

„Ähm, ja. Natürlich."

Aiden nahm die beiden Koffer und brachte sie zur Rückseite des Autos.

Brandon öffnete die hintere Tür für mich.

„Steig ein!", befahl er.

„Willst du deine Freundin nicht vorne sitzen lassen, damit sie etwas von der Umgebung sehen kann, Brandon?"

„Ich bin mir sicher, dass sie auch hinten einen ausgezeichneten Ausblick hat", antwortete dieser und es klang nur ein *kleines bisschen* unfreundlich.

Ich grinste in mich hinein.

Es geschah ihm recht, dass er sich vor seinem Bruder zusammenreißen musste. Ich atmete auf. Wenn der Rest der Familie auch so nett war ...

„Wie lange lebst du schon in Chicago, Mänju? Brandon hat uns nur wenig über dich erzählt."

Der hat garantiert keinen Ton über seine plötzlich entstandene Beziehung gesagt.

Ich zögerte. Sollte ich ihm verraten, dass ich erst knapp drei Wochen hier war? Mir war nicht danach, diesen netten Kerl zu belügen.

„Ein halbes Jahr", antwortete mein Bad Boss da schon für mich.

Aha! Würde es jetzt den ganzen Tag so gehen, dass er für mich antwortete? Dann dürfte er mich ja keinen Moment aus den Augen lassen.

„Wie gefällt es dir in Chicago? Hat mein Bruder dir schon alle Sehenswürdigkeiten gezeigt?"

„Die Stadt ist fantastisch. Ich habe mich sofort verliebt", sagte ich und schaute auf Brandons Hinterkopf.

Aiden lachte.

„Wohl nicht nur in die Stadt."

„Stimmt", antwortete ich.

Ich hätte schwören können, dass Brandon bei diesem einen Wort zusammengezuckt war. Nun konnte ich die Wahrheit sagen und er konnte mir nicht einmal einen Strick daraus drehen.

„Du bist Deutsche?", fragte Aiden weiter.

„Ja. Ich komme aus Heidelberg."

„Jetzt frag sie nicht so aus, Aiden. Gerade wolltest du noch, dass sie sich die schöne Umgebung ansieht."

„Kein Problem, Darling", warf ich ein. „Ist doch klar, dass deine Familie die neue Frau an deiner Seite kennenlernen will."

Ich musste mit Mühe ein Lachen unterdrücken.

Mach dich auf etwas gefasst, Brandon Cooper. Ich werde die Freundinnen-Karte bis zum geht nicht mehr ausspielen!

Peinlichkeiten

Draußen sah es wunderschön aus. Überall lag Schnee, die Bäume sahen wie verzaubert aus und selbst der Lake Michigan wirkte, als würde er nur aus Eis und Schnee bestehen.

Wie schön wäre es, dick eingepackt einen romantischen Spaziergang zu machen. Hand in Hand mit Brandon oder seinen Arm um meine Schulter.

Ich seufzte sehnsuchtsvoll auf.

„Du hast sicher Hunger?“, lachte Aiden. „Mein Bruder ist dafür bekannt, dass er ein lausiger Gastgeber ist. Zuhause wartet schon der Frühstückstisch auf euch.“

Brandon brummte etwas Unverständliches.

„Ich freue mich auf eine schöne Tasse Kaffee“, sagte ich. „Und Rührei mit Speck und Bratkartoffeln. Ich bin tatsächlich sehr hungrig.“

Das lag sicher an dem Liebesspiel mit Brandon. Sex machte mich immer hungrig und leider waren schon viele Stunden vergangen, seit er mit mir geschlafen und ... ich nichts mehr gegessen hatte.

Ich beugte mich nach vorne und streichelte meinem Boss über die Wange.

„Du hast sicher auch Hunger, Darling“, sagte ich und musste wieder aufpassen, dass ich nicht loslachte.

Wehr dich dagegen und dein Spiel fliegt sofort auf.

Brandon machte sich steif und das provozierte mich, ihm auch noch über den Nacken zu streichen.

Da packte er meine Hand und drückte fest zu.

„Autsch!“, entfuhr es mir und sofort ließ er los.

Ekel!

„Du möchtest sicher einen ordentlichen Schuss Rum in deinen Kaffee, Brandon?“, fragte ich mit harmlos klingender Stimme.

Ich werde schon dafür sorgen, dass er wieder lieb zu mir ist und wenn ich ihn permanent mit Alkohol abfüllen muss!

„Das würde Mutter niemals erlauben. Alkohol frühestens zum Lunch.“

Schade.

Aiden bog in eine Einfahrt ein, fuhr eine breite Allee entlang und auf ein großes Tor zu. Er drosselte die Geschwindigkeit, drückte auf die Fernbedienung und das Tor bewegte sich lautlos zur Seite.

Vor uns lag ein wunderschönes Haus. Es war riesig, hatte links und rechts ein Türmchen und breite Stufen, die zu einer imposanten Holztür führten.

Es sah fast wie ein Schloss aus. Ganz so prachtvoll hatte ich es mir nicht vorgestellt.

Aiden parkte direkt vor der Treppe und noch bevor wir ausgestiegen waren, kam auch schon ein Mann in Uniform angelaufen, um den Kofferraum zu öffnen und unser Gepäck zu holen.

„Merry Christmas, Mr. Cooper“, sagte der Mann.

Brandon nickte ihm nur knapp zu.

Wir betraten das Haus. Auch von innen sah es aus wie in einem der Spielfilme, in dem es um superreiche Leute ging. Eine große Empfangshalle, offen nach oben hin, mit einer geschwungenen Treppe, die in den ersten Stock führte. Auf dem Boden bordeauxroter Marmor, an den Decken Stuck und riesige Kronleuchter, an den Wänden weiß lackiertes Holz. Es gab nur wenige Möbel, die sicher irrsinnig teuer waren.

Alles in diesem Palast strahlte Reichtum aus.

Aber am prachtvollsten war der Weihnachtsbaum, der mehrere Meter hoch sein musste und ganz in Weiß dekoriert war.

Ich fühlte mich plötzlich ziemlich klein und wagte es nicht einmal, richtig zu atmen.

„Willkommen in Cooperland", lachte Aiden und nahm mir damit ein Stück weit die Anspannung.

Eine Frau in klassischer Hose und Seidenbluse mit irrsinnig hohen Schuhen betrat die Halle.

„Endlich, Brandon", rief sie und umarmte ihren Sohn. „Wir waren schon sehr in Sorge um dich. Wie ich sehe, war das berechtigt."

Sie zeigte auf Brandons Veilchen.

„Alles gut, Mutter", antwortete er steif. „Darf ich dir meine Begleiterin vorstellen? Das ist Mänju."

Brandons Mutter streckte mir ihre Hand hin. Doch als sie mir ins Gesicht sah, zuckte sie zurück und sah erschrocken zu ihrem Sohn hin.

„Willst du Mänju nicht willkommen heißen?", fragte mein Boss unbeeindruckt.

Sofort setzte seine Mutter ein freundliches

Lächeln auf und streckte ihre Hand wieder aus.

„Merry Christmas“, sagte sie und setzte hinzu: „Willkommen in unserem Haus.“

„Merry Christmas, Mrs. Cooper“, antwortete ich hölzern.

Was war nur los mit dieser Familie? Wieso starrten mich alle an? *Brandon* war doch der mit dem Veilchen.

„Nenn mich bitte Ruth.“

Dann wandte sie sich an ihren Sohn und sah ihn fragend an.

„Darf ich zu Tisch bitten?“, forderte sie uns auf.

„Dürfte ich mir kurz die Hände waschen?“, frage ich.

„Natürlich. Ich rufe Romina. Sie wird dir die entsprechende Örtlichkeit zeigen und dich danach ins Esszimmer führen.“

Als hätte sie schon darauf gewartet, dass ihr Name genannt wird, erschien ein Mädchen in Hausmädchenkleidung, half mir aus dem Mantel und legte ihn sich auf den Unterarm. Dann führte sie mich einen Flur entlang zum Badezimmer.

„Ich warte hier, Miss“, sagte sie, nachdem sie die Tür geöffnet hatte.

„Bitte nennen Sie mich Manu.“

„Sehr wohl, Miss Mänju.“

Ich verkniff mir ein Lächeln und betrat das Badezimmer, das aus einem kleinen Vorraum und einer Toilette bestand. Sogleich betrachtete ich mich im Spiegel, um zu kontrollieren, ob irgendetwas seltsam an mir aussah. Aber nein. Alles in Ordnung.

Ich zählte an den Fingern die Möglichkeiten ab, die jetzt noch zur Verfügung standen.

Erstens: Brandon hatte schon ewig niemanden mehr mit nach Hause gebracht und ich verwirrte alle allein durch meine bloße Anwesenheit.

Zweitens: Ich sah ganz anders aus als seine sonstigen Frauen und wenn ich an die langhaarigen Blondinen dachte, vor allem an die mit dem superkurzen Kleid, die ihn „Darling“ genannt hatte und von ihm abserviert wurde, war es offensichtlich, dass ich absolut nicht seinem Beuteschema entsprach.

Drittens: Ich sah jemandem, den alle kannten, verdammt ähnlich.

Ich tippte auf Letzteres, wusch mir die Hände und machte mich, vor Neugierde fast platzend, auf in die Höhle der Löwen.

Als ich das Speisezimmer betrat, war es auf der Stelle mucksmäuschenstill. Brandon saß mit seiner Mutter und seinem Bruder am Esstisch und es war nicht zu übersehen, dass ich sie bei einer Unterhaltung gestört hatte, die nicht für meine Ohren bestimmt war.

Mir lief ein Schauder über den Rücken, denn die Stimmung war zum Zerreißen angespannt.

„Setz dich neben Brandon“, wies Ruth mir einen Platz zu.

Romina zog den Stuhl vom Tisch und schob ihn mir unter den Po.

„Danke, Romina. Ich kann das alleine.“

Ruth schnalzte mit der Zunge.

„Bitte verzeih, Mänju. Aber unser Personal ist darauf geschult, immer zur Stelle zu sein."

Wie auf ein Stichwort fragte Romina: „Darf es Kaffee oder Tee sein, Miss?"

„Kaffee bitte", antwortete ich.

Romina schenkte mir ein und stellte Milch und Zucker neben meine Tasse.

„Was darf ich in der Küche für Sie zu essen bestellen?"

Meine Güte, ging es hier förmlich zu. Mich fröstelte in dieser Atmosphäre. Denn auch das Esszimmer war sehr groß und so perfekt eingerichtet, dass es ungemütlich war.

„Du wolltest doch Rührei mit Speck und Bratkartoffeln?", sprang Aiden ein.

„Ja, das hätte ich sehr gerne."

Romina nickte und verschwand.

„Nun, meine Liebe", begann Ruth. „Hattet ihr es in der Hütte einigermaßen bequem?"

„Ja, es war sehr gemütlich", sagte ich und sah meinen Boss von der Seite an.

Seine Miene war undurchdringlich.

„Brandon hat Feuer gemacht und uns Pizzen und Champagner besorgt."

Ich streichelte über seinen Oberarm und lächelte ihn dankbar an.

Wehr dich doch dagegen!, dachte ich.

„So fürsorglich kenne ich ihn gar nicht", warf Aiden ein und grinste mich an.

„Doch, er hat gut für mich gesorgt", sagte ich und lächelte freundlich in die Runde.

Romina erschien und brachte unser Essen. Für Ruth einen Toast, hauchdünn mit Butter bestrichen, Aiden bekam gebratene Würstchen und Brandon und mir stellte sie die Eier mit Speck hin.

Wenigstens verbindet uns die gemeinsame Vorliebe zu diesem Frühstück.

„Nun erzählt doch bitte mal, wie ihr euch kennengelernt habt“, forderte Ruth uns auf.

Schnell schob ich mir eine Gabel voller Bratkartoffeln in den Mund, kaute und ... lächelte.

So, Brandon. Jetzt zeig mal, wie kreativ du bist!

Doch der zeigte mit dem Kopf auf mich.

„So etwas erzählen Frauen viel besser“, sagte er.

Grrrrr ...

Als mein Mund leer war, hatte ich keine andere Wahl als zu sprechen.

„Es ist ja kein Geheimnis, dass ich für Brandon arbeite“, begann ich. „Eines Abends, als ich gerade gehen wollte, stand er plötzlich in meinem Büro und sah mich mit seinem Dackelblick an.“

Dackelblick ...

Ich räusperte mich, um meine Heiterkeit zu überspielen.

Unter dem Tisch spürte ich, dass Brandon sein Bein fest gegen meines presste. Ob er schon sehr wütend auf mich war?

„Er fragte, ob er mir in den Mantel helfen dürfte. Ich nickte. Leider stellte er sich so ungeschickt an, dass ich ihm aus Versehen ein blaues Auge verpasst habe. So, wie er jetzt auch wieder eins hat.“

Ich sah zu Brandon hin und ich schwöre: Wären wir alleine, würde er mir garantiert den Po grün und blau schlagen, so giftig sah er mich an.

„Er hat geschrien vor Schmerzen, der Arme! Und so musste ich ihn zum Arzt fahren. Jeder andere ... Autsch, Darling! Du hast mich getreten!“

„Entschuldige bitte. Iss doch weiter. Dein Frühstück wird kalt.“

„Lass sie erst die Geschichte zu Ende erzählen“, warf Aiden ein. „Ich finde sie spannend.“

Er grinste übers ganze Gesicht.

„Also, jeder andere hätte danach keinen Ton mehr mit mir gesprochen. Aber nicht Brandon! Am nächsten Tag kam er mit einem riesigen Korb voller Veilchen ins Büro. Abends sind wir miteinander essen gegangen.“

Ich biss mir ziemlich heftig auf die Unterlippe, um nicht laut loszulachen. Diese Geschichte war so fernab jeglicher Realität.

Tja, Brandon ... So viel zum Thema vorher wenigstens ein paar Punkte abklären.

Ruth hatte mir fasziniert zugehört. Jetzt schüttelte sie irritiert ihren Kopf.

„Das passt so gar nicht zu meinem Sohn“, sagte sie. „Du scheinst einen guten Einfluss auf ihn zu haben.“

Ach, was musste ich mich beherrschen, nicht zu lachen und das Ei, das ich mir gerade in den Mund geschoben hatte, nicht über dem Tisch zu verteilen.

Wieder spürte ich Brandons Bein an meinem und mir war klar: Diese Geschichte würde ein Nachspiel für mich haben!

Das Frühstück war beendet. Brandons Vater war nicht aufgetaucht. Ruth hatte ihn damit entschuldigt, dass er zu einem kranken Freund gefahren war und erst zum Nachmittagskaffee zurück sein würde. Anscheinend war so etwas in der Familie gang und gäbe, denn keiner regte sich darüber auf, dass er an Weihnachten lieber woanders feierte.

„Wer geht mit, einen Verdauungsspaziergang machen?“, fragte Aiden in die Runde.

„Wir begleiten dich“, sagte seine Mutter.

Ich nickte, aber Brandon schüttelte den Kopf.

„Ich muss ein wenig ruhen. Ihr wisst ja, dass ich mich beim Unfall verletzt habe und mein Auge schmerzt auch. Romina, bitte ein Glas Wasser für meine Tabletten.“

Wir sahen ihn alle an. Seine Mutter besorgt, Aiden spöttisch und ich erschrocken.

Ich konnte es förmlich spüren, wie der Zorn in ihm hochstieg, als ihm klar wurde, dass er mit seinen Worten gerade die Geschichte über unser Kennenlernen bestätigt hatte.

Brandon, der Jammerlappen!

„Willst du nicht lieber zum Arzt gehen?“, fragte seine Mutter da auch schon.

„Nein!“

Ruckartig stand er auf.

„Komm!“, sagte er und packte mich am Arm. „Dir kann es auch nicht schaden, dich ein wenig auszuruhen, nachdem du die ganze Nacht

Krankenschwester spielen musstest."
An der Tür drehte er sich um.
„Viel Spaß bei eurem Spaziergang. Wir treffen uns dann zum Nachmittagskaffee."
Nebeneinander stiegen wir die Treppe nach oben und gingen einen langen Flur entlang, der uns in einen anderen Trakt des Hauses führte.
Als wir außer Reichweite waren, bellte er: „Du wirst deine Worte gleich bereuen!"

Seltsame Begegnung

Brandon hatte die Hand auf der Türklinke, als Romina angelaufen kam. Sie balancierte ein Tablett, auf dem eine Flasche Wasser und ein Glas standen.

Mein Boss nahm sich beides, sagte kein Wort und verschwand im Zimmer.

„Bringen Sie bitte noch eine Flasche Champagner und zwei Gläser?“, flüsterte ich.

„Natürlich, Miss“, antwortete Romina.

„Oder haben Sie Wodka im Haus?“

„Ich werde schauen, Miss.“

„Stellen Sie bitte alles vor der Tür ab. Ich hole es mir dann selbst.“

„Sehr wohl, Miss!“

In dem Moment streckte Brandon seine Hand aus dem Zimmer und zerrte mich nach drinnen.

Er hielt mich mit eisernem Griff fest, schlug die Tür zu, packte meine Handgelenke und drückte mich gegen die Tür.

„Du Miststück!“, knurrte er.

Er durchbohrte mich mit seinem Blick, während er versuchte, den Knopf meiner Jeans zu öffnen, fluchte, weil es nicht klappte und zerrte am Bund.

Ich dachte an das schöne schwarze Kleid, das er gestern zerrissen hatte.

„Die Hose nicht auch noch kaputt machen, bitte!“

Wenn es so weiterging, hatte ich bald nichts

mehr anzuziehen.

„Mach diesen verdammten Knopf auf!“, fluchte er. „Ich will dich ficken!“

Ich hätte sein Verhalten als demütigend betrachten können oder sogar *müssen*. Ich hätte ihn zurückweisen und ihm ein paar Takte darüber sagen sollen, wie man eine Frau verführte. Aber ... es machte mich an, zu sehen, wie scharf er auf mich war. Und ich triumphierte innerlich, weil ich ihn so provoziert hatte, dass er sich nicht mehr im Griff hatte. Auch wenn ich mir den ganzen Mann wünschte, war es mir trotzdem lieber, seinen Schwanz in mir zu haben als gar keine Aufmerksamkeit.

Außerdem: Der Champagner – und falls ich Glück hatte, auch noch eine Flasche Wodka – war im Anrollen! Ich musste nur dafür sorgen, dass er genug trank und er würde wieder zahm wie ein Lämmchen sein. Doch zuerst einmal wollte ich puren, geilen Sex mit ihm. Das Lämmchen konnte warten.

„Lass los! Ich mache ihn selbst auf. Und wenn du lieb „bitte“ sagst, ziehe ich die Hose aus.“

Da packte er mich so fest an den Armen, dass ich aufschrie.

„Biest!“, knurrte er. „Willst *du* hier die Regeln machen?“

Aber er ließ los, ich öffnete die Hose und zog sie zusammen mit dem Slip hinunter. Er sog laut die Luft ein, als er meine nackte Haut sah, dann schnappte er mich und warf mich aufs Bett. Einen Moment später lag er auf mir.

Er küsste mich. Aber nur kurz und heftig. So, wie wenn man am Verhungern war, ein Menü serviert bekam, und man den ersten Gruß aus der Küche achtlos verschlang, weil man wusste: der Hauptgang ist die wirkliche Delikatesse.

Er öffnete seine Hose und bevor er auf die Idee kam, meinen Pulli zu zerreißen, zog ich ihn mir schnell über den Kopf.

Doch er wollte sowieso keine Vorspeise, er ging gleich zum Hauptgang über, hob meine Beine so weit auf seine Schulter, dass auch mein Po in der Luft hing und drang in mich ein. Das kam so überraschend, dass ich nach Luft japste. Aber er kannte keine Gnade, sondern vögelte mich, als wollte er mir jedes Wort, das ich zu seiner Familie gesagt hatte, heimzahlen und wenn das seine Art war, sich an mir zu rächen, würde ich nachher genauso weitermachen.

Doch dann konnte ich nicht mehr denken, weil mir das, was er mit mir tat, die Sinne raubte und ich glaubte, mich in Lust aufzulösen. Und dann passierte etwas, das ich noch nie erlebt hatte und dieses Gefühl war so extrem, dass ich losschrie, obwohl wir doch im Haus seiner Eltern waren, aber es war mir egal, denn das Gefühl war einfach größer als ich und plötzlich war das Bett nass. So richtig nass, als hätte ich meine Blase nicht unter Kontrolle gehabt und da brüllte der Löwe auch schon los, weil er ebenfalls zu seinem Höhepunkt kam.

Er ließ sich neben mich fallen und ich fuhr mit der Hand über meinen Bauch, meinen Unterleib und über die Bettdecke, auf der wir lagen. Alles war nass. Patschnass!

Mein Gesicht wurde ganz heiß vor Scham.

Brandon lachte, stand auf, ging ins Badezimmer und kam mit einem großen, weißen

Handtuch zurück.

„Hoch mit dir!", befahl er. „Oder fühlt es sich gut an, in deinem Saft zu liegen?"

Mein Gesicht wurde noch ein bisschen heißer.

„Du brauchst dich nicht zu schämen. Ich habe auf deinen G-Punkt gezielt und wie man sieht, sehr gut getroffen."

Seine Stimme klang stolz.

Typisch Mann!

„Das war ... das war ... unglaublich!", stotterte ich. „Ähm ... kannst du das noch mal mit mir machen?"

Er lachte.

„Gönn mir eine kleine Pause, du gieriges Stück."

Hatte seine Stimme eine Spur zärtlich geklungen oder hatte ich mir das in meiner Gefühlseuphorie nur eingebildet?

Ich verbarg mein Gesicht schamhaft hinter den Händen.

„War ich sehr laut?", flüsterte ich.

„Das Personal wird mitbekommen haben, was hier oben los ist."

Wieder wurde ich rot.

Da packte Brandon mich an der Hüfte und ich dachte schon: *Jetzt nimmt er mich in den Arm!*

Doch er drehte mich nur auf den Bauch und gab mir einen Klaps auf den Po, als wollte er mich für meine Lust bestrafen.

„Entspann dich! Das Personal hat solche Geräusche garantiert nicht zum ersten Mal gehört."

Er setzte sich auf, schenkte sich Wasser ein, holte eine Tablette aus dem Nachttisch und schluckte sie.

„Willst du auch etwas trinken?“, fragte er und hielt mir das Glas hin.

„Ja. Aber kein Wasser. Vor der Tür müsste etwas Besseres für uns stehen.“

„Dann hol es!“, befahl er. „Du bist nicht zu deinem Vergnügen hier!“

„Ach, nein?“, fragte ich spöttisch. „Was war das gerade?“

Ich zeigte auf das feuchte Laken und konnte noch immer nicht glauben, dass das alles aus mir herausgesprudelt sein sollte.

„Und das war wirklich dieser G-Punkt?“, fragte ich.

„Glaub es mir einfach“, antwortete er.

Dann stand er auf, öffnete die Tür und kam mit einem Kühler, aus dem der Hals einer Champagnerflasche herausragte, und zwei Gläsern zurück.

„Kein Wodka für dich?“, fragte ich.

„Du bist ja verrückt! Wodka um *diese* Uhrzeit?“

Schade ...

Wir lagen nackt auf dem Bett, tranken den Champagner und wir sahen uns dabei sogar in die Augen. Brandons Blick war nicht mehr so hart und kalt, wie er es einmal war, wenn er auch trotzdem verschlossen war.

Erster Etappensieg, dachte ich, als ich mein

Glas abstellte.

Ich richtete mich auf und sah mich in dem Zimmer um. Es war groß, aber dennoch gemütlich mit dem breiten Bett, dem Kamin, in dem ein Feuer vor sich hinprasselte, dem glänzenden Holzboden und der Sitzgruppe mit den vielen Kissen. Trotzdem war es erstaunlich unpersönlich und wirkte eher wie ein Zimmer in einem teuren Hotel.

„Ist das deins?“, fragte ich.

„Nein. Unsere Mutter hat sofort alles rausgeworfen und neu eingerichtet, nachdem wir ausgezogen waren.“

Hatte in seinen Worten ein Hauch Bitterkeit mitgeschwungen? Ich traute meiner Wahrnehmung nicht über den Weg. Es konnte gut sein, dass ich mir Emotionen einbildete, weil ich gerne welche bei ihm entdecken würde.

Ich trank einen Schluck und als ich mich wieder hinlegte, schmiegte ich mich eng an seine Seite und wartete darauf, dass er vielleicht doch noch den Arm um mich legen würde.

Er stellte sein Glas auch ab.

Dann wandte er sich mir zu.

„Was soll das hier werden?“

Autsch!

Du Arsch!

„Mir ist ein wenig kalt“, versuchte ich, so distanziert wie möglich zu antworten. „Das Handtuch ist durchgeweicht.“

Um ihm keine weitere Gelegenheit zu geben, mich zu verletzen, stand ich schnell auf.

„Wo ist mein Trolley?“

Er zeigte mit dem Kopf zu einer Tür.

Als ich sie öffnete, stand ich vor einem

Ankleidezimmer. Auf der linken Seite hingen die Sachen, die ich mir mit seiner Kreditkarte gekauft hatte inklusive eines kuscheligen Bademantels und Hausschuhen. Als ich die oberste Schublade öffnete, fand ich meine Unterwäsche und alles andere.

Auch die Heidelberger Studentenküsse, die ich für seine Mutter mitgebracht hatte, lagen dort. Jetzt, wo ich in diesem Haus stand, kam mir das Mitbringsel allerdings lächerlich klein vor.

Ich schlüpfte in den Bademantel und ging zurück in das Zimmer.

Brandon lag auf dem Bett und drückte an seinem Smartphone herum. Ohne ihn weiter zu beachten, betrat ich das – wie sollte es anders sein – luxuriöse Badezimmer. Ich schloss die Tür mit Nachdruck, damit er nicht auf die Idee kam, ich könnte auf ihn warten, und ging unter die Dusche, um mit dem Wasser meine Enttäuschung wegzuspülen.

Dieser Arsch!

Nach der Dusche fühlte ich mich wieder wohler. Als ich mit stur geradeaus gerichtetem Blick an ihm vorbeihuschen wollte, griff Brandon blitzschnell nach meinem Bademantel und zog mich zu sich her.

Bevor ich auf dem Bett landen konnte, ließ ich den Bademantel einfach von den Schultern gleiten und ging, als wäre nichts gewesen, weiter in das Ankleidezimmer.

„Was ist, Sweety? Du wolltest doch noch mal spritzen!“, rief er mir nach.

Du kannst eine von mir gespritzt kriegen. Mit der flachen Hand und mitten ins Gesicht.

So gierig konnte ich gar nicht sein, dass ich seiner Einladung folgen würde, nachdem er mir gerade eine verbale Ohrfeige verpasst hatte.

Ich schlüpfte in eine Hose, die so ähnlich aussah wie die von Ruth, und in einen seidigen Rollkragenpulli. Jetzt musste ich nur noch an Brandon vorbeikommen, ohne dass er wieder den Löwen geben und mich aufs Bett werfen wollte.

Doch darüber brauchte ich mir keine Gedanken machen. Mr. Bad Boss Cooper lag auf dem Bauch und schlief.

Mit viel Willenskraft unterdrückte ich den Impuls, ihm einen saftigen Schlag auf den Po zu geben.

Stattdessen machte ich mich auf den Weg nach unten und hoffte, ich würde mich nicht verlaufen. Ich blieb an einem der Fenster stehen. Draußen war wunderschönes Sonnenwetter, es war noch früher Nachmittag und ich hatte Lust, mir ein wenig den Wind um die Nase wehen zu lassen, damit ich den Kopf frei bekam.

Außerdem musste ich herausfinden, warum Aiden und seine Mutter so seltsam reagiert hatten, als sie mich sahen.

Und wer Daina ist. Das musst du auch noch wissen!

Tatsächlich musste ich nicht lange suchen, um die Treppe zu finden und als ich auf der letzten Stufe war, öffnete sich die große Holztür.

Ein älterer Mann und eine Frau, die ein wenig wie eine Krankenschwester wirkte, vielleicht weil sie ihn so fürsorglich stützte, betraten die Halle.

Der Mann winkte mir zu, als er mich sah und strahlte über das ganze Gesicht.

„Ach, da bist du ja endlich!“, rief er erfreut. „Wir haben dich so vermisst!“

Gefühlsachterbahn

Ich nahm die letzte Stufe und dann blieb ich ratlos stehen. War der Mann Brandons Vater? Er sah ihm jedenfalls ziemlich ähnlich. Aber mit wem verwechselte er mich?

„Willst du deinen Schwiegervater nicht begrüßen, Daina?“, fragte er, breitete die Arme aus und kam – ein wenig schwankend – auf mich zu.

„Ich ... ich bin nicht Daina“, stotterte ich.

Wie festgetackert blieb ich stehen, doch da war der Mann schon bei mir und schloss mich unbeirrt in die Arme. Er drückte mich fest an sich und zitterte ein wenig.

„Mr. Cooper“, sagte die Frau, die ihn begleitet hatte. „Sie dürfen sich nicht aufregen.“

„Ach, lassen Sie mich doch!“, schimpfte der Mann, aber er ließ mich trotzdem los.

„Wo warst du die ganze Zeit?“, fragte er.

„Entschuldigung, Mr. Cooper ...“, begann ich und dann wusste ich nicht weiter.

Ich sah die Frau an, die ihn nun wieder am Arm festhielt.

Sie schüttelte den Kopf.

Bedeutete das, ich sollte gefälligst den Mund halten und Brandons Vater ein Theater vorspielen? Also nicht das Lügenmärchen, dass ich die Freundin meines Bosses war, sondern jetzt auch noch, dass ich Daina war?

Ich fühlte mich von der Situation heillos

überfordert.

„Ich muss ... ich war gerade ... wir sehen uns ja später“, sagte ich also nur.

Schnell lief ich in den Flur, von dem ich wusste, dass dort die Toilette war, und hoffte, irgendwo meinen Mantel und auf direktem Weg nach draußen zu finden.

„Daina“, rief mir Mr. Cooper nach.

Es hörte sich so bettelnd an, dass ich am liebsten umgekehrt wäre, um den alten Mann noch einmal in den Arm zu nehmen.

Doch ich traute mich nicht. Mir fehlte einfach das Wissen, was hinter der ganzen Sache steckte.

„Wir sehen uns gleich!“, rief ich und öffnete die Tür zur Toilette.

Was, verdammt noch mal, wurde hier gespielt?

Ich zählte die Fakten auf, die mir bekannt waren:

In der Familie hatte es eine Daina gegeben.

Ich sah ihr offensichtlich zum Verwechseln ähnlich.

Brandon hatte mich in die Familie gebracht, um ... ja, um was eigentlich?

Das war auch schon alles, was ich wusste. Abgesehen von der Wahrscheinlichkeit, dass Daina eine Ex von Brandon war, denn er hatte ihren Namen im Halbschlaf gemurmelt und das tat man doch nicht, wenn es sich um jemand x-Beliebiges handelte. Oder?

Mit vielen Fragezeichen im Kopf sah ich mich im Spiegel an.

Ich muss Brandon zwingen, mir die Wahrheit zu sagen!

Ich brauchte erst gar nicht hoch in unser Zimmer gehen, denn als ich die Toilette verließ, kam Brandon mir entgegen und sah mich so böse an, als wollte er mir augenblicklich den Hals umdrehen.

„Wer hat dir erlaubt, dich im Haus frei zu bewegen? Du hast mich zu fragen, wenn du dich von mir entfernst!"

Er schlang seine Hand fest um meinen Arm.

„Au, Brandon! Du tust mir weh!", schimpfte ich.

Aber das beeindruckte ihn nicht.

„Antworte!", knurrte er.

„Lass los oder ich schreie!"

Da lockerte er seinen Griff und zog mich mit sich die Treppe hinauf in unser Zimmer.

Dort packte er mich und warf mich aufs Bett.

„Kein Sex, Brandon! Du kannst deine Aggressionen nicht immer mit Sex loswerden!"

„Ich will keinen Sex mit dir!"

Seine Stimme hatte gefährlich leise geklungen. Was hatte er jetzt schon wieder für ein Problem?

Ich erhob mich vom Bett, stellte mich vor ihn, wünschte mir, hohe Schuhe anzuhaben, um meinen Kopf nicht so weit nach oben drehen zu müssen, und versuchte, ihn genauso giftig anzusehen, wie er es tat.

„Du hast mich hier in ein seltsames Spiel

hineingezogen, Brandon. Und du hast mir keinen Ton davon gesagt. Wahrscheinlich dachtest du, ich sei eine Marionette, die du so dirigieren kannst, wie es dir in den Kram passt. Aber da hast du dich getäuscht!“

Auch meine Stimme war leise gewesen. Leise und eindringlich.

Er ballte seine Hände zu Fäusten. Was hatte er vor? Wollte er mich verprügeln?

Aber nein. Seine Augen blickten mich plötzlich ganz traurig an. So, als hätte ihn etwas tief verletzt.

„Brandon ...“, sagte ich und wollte ihn in den Arm nehmen.

Sofort wandte er seinen Blick ab und ging, ohne ein Wort zu sagen, ins Badezimmer.

„Brandon ...“, rief ich und lief hinter ihm her. „Sprich mit mir. Ich will dir doch helfen.“

Da drehte er sich um.

„Ich brauche garantiert keine Hilfe von einer ... einer Dahergelaufenen. Du wirst dieses Zimmer nur in meiner Gegenwart verlassen. Sonst kannst du gleich verschwinden.“

Er kam nahe auf mich zu. So nahe, dass nicht viel mehr als ein Blatt Papier zwischen uns gepasst hätte.

Wieder musste ich meinen Kopf heben, um ihm in die Augen sehen zu können.

„Damit du *weißt*, was gespielt wird: Ich hatte nie vor, dich fest bei mir anzustellen. Du warst nur für die Rolle eingeplant, die du hier zu spielen hast. Direkt nach unserer Rückkehr nach Chicago werden wir zu deiner Unterkunft fahren, damit du deine Sachen holen kannst. Dann werde ich dich in das erstbeste Flugzeug setzen, das dich zurück nach Europa bringt. Keine Sorge: Du wirst für die kleine Scharade eine Abfindung von mir bekommen. Es gibt nur eine Bedingung: Du verlässt dieses Zimmer *ausschließlich* in meiner Begleitung. Verstanden?“

Dann schob er mich aus dem Badezimmer und schlug mir die Tür vor der Nase zu.

Aller guten Dinge sind drei?

Ganz bestimmt nicht! Zudem waren es keine Guten. Genau genommen waren es jedes Mal beschissene Situationen, in denen ich vor diesem Riesenarschloch Brandon Cooper flüchten musste!

Ich war so wütend auf ihn und auch auf mich, weil ich mir schon so viel von ihm hatte gefallen lassen, dass ich den Trolley von der Ablage nahm und auf den Boden pfefferte. Dann warf ich meine Sachen hinein. Obendrauf legte ich meine geliebten Studentenküsse.

Bald werde ich zu Hause sein und kann mir jeden Tag welche kaufen!

Ich zog den dicken Pulli an, um auf dem Weg zum Bahnhof nicht auch noch äußerlich frieren zu müssen. Die innerliche Kälte, die sich bei seinen Worten in meinem Körper ausgebreitet hatte, reichte völlig aus.

Brandon war noch im Bad und dort war mein Kosmetikzeug. Sollte ich es einfach hierlassen?

Ich überschlug im Kopf die Kosten, wenn ich mir alles neu kaufen musste.

Dafür und für die Fahrkarte nach Chicago würde ein großer Teil meines restlichen Geldes draufgehen.

Ich holte tief Luft.

Scheißegal!

Dann gab es die paar Tage auf dem verdammten Kontinent eben nur noch Wasser und trockenes Brot.

Ich zog den Reißverschluss des Trolleys zu und stellte ihn mit einem Ruck auf. Dann ging ich zur Tür und öffnete sie. Ich warf einen letzten Blick auf das Bett und spürte, wie ein Schwall Traurigkeit in mir hochschwappte.

Verflucht seist du, Bad Boss Cooper!

Im gleichen Moment öffnete sich die Badezimmertür.

„Was machst du da?“, fragte Brandon mit ungewohnt weicher Stimme.

„Die Dahergelaufene wird verschwinden!“, zischte ich.

Da packte er mich, gab der Tür so einen festen Stoß, dass sie mit einem Knall zuflog, zog mich in seine Arme, hielt mich ganz fest und ... küsste mich!

Ich konnte es nicht fassen. Brandon Cooper war nicht betrunken und wir waren auch nicht im Liebesspiel. Dennoch küsste er mich in einer

Mischung aus Leidenschaft und Zärtlichkeit.

Mein Körper war in Aufruhr und meine Gefühle ... sie hingen irgendwo ganz oben im siebten Himmel oder so.

Träumte ich?

Ich war mir nicht sicher. Aber ich genoss es mit jeder Faser meines Herzens, in seinen Armen zu liegen und mich fallenzulassen.

Doch dann wachte ich auf aus meinem Traum, denn mir kamen die Worte in den Sinn, die er mir vor ein paar Minuten um die Ohren gehauen hatte.

„Ich hatte nie vor, dich fest bei mir anzustellen. Du warst nur für die Rolle eingeplant, die du hier zu spielen hast."

Und du lässt dich von ihm küssen und schmilzt in seinen Armen dahin. Bist du noch bei Trost?

Ein Teil in mir flehte: *Bitte tu es nicht!*

Aber der Teil, der noch ein wenig Selbstachtung besaß, löste sich von seinem Mund und stemmte die Hände gegen seine Brust.

„Lass mich los!"

„Na, na, na", sagte er zu mir, als sei ich ein Kind, das er beruhigen musste und drückte mich umso fester an sich.

„Nein! Ich will das nicht. Du hast mich eingekauft, um mich zu benutzen. Und in Kürze willst du mich entsorgen. Du hast ... du bist ... Ein Riesenarschloch bist du!"

Die letzten Worte hatte ich geschrien.

Da ließ er mich los und ich fühlte mich, als hätte ich jeglichen Halt verloren.

Er setzte sich auf die Bettkante und streckte

mir seine Hand hin.

„Komm!“, sagte er.

Als ich nicht reagierte, nahm er meine Hände und sah zu mir auf.

„Ich bitte dich in aller Form um Verzeihung!“, sagte er.

War das wieder nur ein Spiel von ihm? Schlüpfte er kurz in die Rolle des Reumütigen, um seinen Willen durchzusetzen? Würde er mich danach um so tiefer fallenlassen?

Inzwischen traute ich ihm alles zu.

„Was ich gerade zu dir gesagt hatte ... Nun, es stimmt nicht mehr so ganz.“

„Und was daran stimmt und was nicht?“

„Ich verspreche dir, dass wir darüber sprechen werden. Aber bitte ... Lass mir ein wenig Zeit. Ich bin gerade erst dabei, mich wiederzufinden.“

Da stand er schon wieder auf seinen Beinen, nahm mich auf seine Arme und legte mich sanft auf dem Bett ab. Er ließ sich neben mir nieder, zog mich zu sich her und hielt mich fest. Sonst nichts. Es war, als hätte er Angst, mich zu verlieren, wenn er mich losließe.

Oder bildete ich mir das nur ein? Wollte ich mir wieder Gefühle einreden, nur weil ich mich danach sehnte?

Doch ich spürte, wie sein Herz heftig hämmerte. Es fühlte sich so ... so ungewohnt an, an seiner Brust zu liegen, seinen Duft einzuatmen, ganz ohne Wodkafahne, und ihm dabei so nahe zu sein. Körperlich und ja, irgendwie auch emotional. Es kam mir vor, als sei bei ihm plötzlich ein Damm gebrochen, der längst tot geglaubte Gefühle hervorschwemmte.

Ich wagte gar nicht, richtig zu atmen oder gar einen Ton zu sagen, um die Stimmung, die zwischen uns herrschte, nicht zu zerstören. Ich hätte gerne eine Erklärung für sein Verhalten gehabt. Das hätte mir die Angst genommen, hätte es mir leichter gemacht, mich ihm hinzugeben.

Aber er sagte keinen Ton. Und so ließ ich mich trotzdem von ihm halten und legte auch meine Arme ganz fest um ihn, wenn ich auch befürchtete, dass ...

Mitten in meine Gedanken hinein klopfte jemand an die Tür.

„Ja, bitte?“, fragte Brandon.

Seiner Stimme war anzuhören, dass er über diese Störung nicht gerade erfreut war.

„Mr. Brandon. Bitte, Sie sollen herunterkommen.“

„Romina, sagen Sie den anderen, wir schlafen!“

Er drückte mir einen Kuss auf den Scheitel, sah auf die Uhr und schüttelte den Kopf.

„Ich will lieber hier oben bei dir bleiben“, raunte er mir ins Ohr.

„Ja, bleib bei mir“, flüsterte ich zurück und konnte mein Glück über diese Wandlung kaum fassen.

„Bitte, Mr. Brandon!“

Er stützte sich auf den Ellenbogen.

„Was ist denn noch, Romina? Ich habe mich doch deutlich ausgedrückt!“

Auf der anderen Seite war es still. War sie gegangen? Ich seufzte erleichtert auf und zog ihn zu mir herunter, um ihm einen Kuss auf die sexy Stelle zwischen seinem Halsansatz und seiner

Brust zu geben.

Er schnurrte wie ein Löwe und streichelte mir über das Haar.

„Mach das noch mal“, sagte er.

Doch da klopfte es schon wieder. Ganz leise, fast nicht zu hören, als hätte Romina Angst vor Brandons Reaktion.

Ich konnte es ihr nicht verdenken.

„Ihre Mutter lässt Ihnen ausdrücklich ausrichten, dass Sie erscheinen sollen.“

Brandon stöhnte genervt auf.

„Es ist noch keine Kaffeezeit. Richten Sie ihr bitte aus, dass wir in einer halben Stunde unten sind.“

„Nein, Mr. Brandon. Sie sollen allein herunterkommen.“

Er gab mir einen schnellen Kuss, erhob sich vom Bett und ging zur Tür.

„Was gibt es so Dringendes?“

Seine Stimme klang sehr ungehalten.

„Es ist Besuch gekommen.“

„Wer denn um Himmelswillen?“

„Eine Frau, Mr. Brandon.“

Böse Begegnungen

Ich hätte es nicht tun sollen, denn so etwas war nicht in Ordnung. Niemals! Aber ich hatte auch keine Lust, weiter an der Nase herumgeführt zu werden. Schließlich war ich ohne Wissen oder gar Einwilligung in einem Spiel gelandet, bei dem die anderen Teilnehmer mich seltsam anstarrten.

Wenn Brandon *alleine* nach unten kommen sollte, weil „eine Frau“ zu Besuch gekommen war ... lag es da nicht auf der Hand, dass mir wieder etwas verheimlicht werden sollte?

Also zerrte ich die Stiefel von den Füßen, nahm sie in die Hand und schlich auf leisen Sohlen die Treppe hinunter.

In der Halle war niemand. Im Esszimmer auch nicht. Aber ich hörte Stimmen aus einem anderen Raum dieses riesigen Hauses und diesen Stimmen folgte ich mit hart klopfendem Herzen und der Angst, entdeckt zu werden.

„Damit, dich in diesem Haus noch einmal zu sehen, hatte ich nicht gerechnet, Daina. Wie kommen wir zu der Ehre deines Besuches?“

Das war Brandons Stimme und sie klang ganz schön höhnisch.

„Jetzt nehmt doch bitte mal Platz“, sagte Ruth. „Wir wollen gleich Kaffee trinken. Darf ich dich dazu einladen, Daina?“

„Du hast meine Frage noch nicht beantwortet. Was führt dich hierher?“, fragte

Brandon eisig.

„Sie ist mein Gast!“, antwortete Aiden für sie.

„Wie kommst du dazu, sie ohne mein Einverständnis einzuladen? Nach allem, was damals geschehen ist, frage ich mich sowieso, warum diese Frau hier in unserem Haus ist.“

Brandons Stimme klang, als wollte er gleich auf seinen Bruder losgehen.

„Seit wann brauche ich dein Einverständnis im Haus unserer Eltern?“, fragte Aiden.

„Du weißt genau, was ich meine“, donnerte Brandon los. „Ich will dieses Weibsbild nicht mehr sehen!“

„Deshalb hast du auch eine Frau mit hierhergebracht, die ihr aufs Haar gleicht. Was hat es denn damit auf sich?“

Jetzt klang Aidens Stimme ebenfalls höhnisch.

Ich wollte noch ein Stückchen zur Tür weitergehen, um einen Blick auf Daina zu werfen und zu sehen, ob sie mir tatsächlich so ähnlich sah, wie Aiden behauptete.

Doch das war nicht möglich, weil sich eine Hand fest auf meine Schulter legte. Erschrocken schrie ich auf und wirbelte herum. Vor mir stand der alte Mann und zwinkerte mir verschwörerisch zu.

„Streiten sich die Jungs wieder um dich?“, fragte er. „Ich dachte, Aiden hätte dich bereits gewonnen?“

Einen Moment später trat Brandon neben mich.

„Was machst du hier?“, bellte er mich an.

Ich atmete tief durch.

Okay! Er befindet sich gerade in einer sehr

gereizten Stimmung. Das hat nichts mit dir zu tun. Also solltest du nicht auch noch überreagieren.

„Dich suchen. Weil ich *dein* Gast bin und gerne einen Kaffee hätte."

Er sah mich böse an.

Hey, warum eigentlich mich? *Ich* hatte ihm doch nichts getan. Der Grund seines Ärgers befand sich hinter der Wand, neben der ich stand.

„Wieso trägst du deine Stiefel in der Hand?", fragte er eisig.

Als wäre diese Frage nicht schon unangenehm genug, kam auch noch seine Mutter durch die Tür und sah mich mit hochgezogenen Augenbrauen an.

„Ist dir nicht kalt?", fragte sie und es war ihrer Frage anzumerken, dass sie rein rhetorisch war.

„Ich wollte sie gerade anziehen", sagte ich, als sei es das Normalste auf der Welt, auf Strümpfen die Treppe herunterzukommen und dann erst seine Stiefel anzuziehen.

„Lasst meine Schwiegertochter in Ruhe", schimpfte da der alte Mann, und legte wieder seine Hand auf meine Schulter und bohrte seine Finger in meine Haut.

„Wo ist die Krankenschwester?", wollte Ruth wissen. „Wieso lässt sie dich alleine durch das Haus laufen? Du könntest stürzen."

„Du kommst mit", befahl Brandon, packte mich an der Hand und ungeachtet dessen, dass sein Vater sich an mir festhielt, zog er mich weg in Richtung Treppe.

Ich spürte, wie sich die Hand von meiner Schulter löste und sagte: „Ich will jetzt wissen, was hier los ist!“

Im selben Moment hörte ich etwas plumpsen und gleichzeitig stieß Ruth einen Schrei aus. Ich drehte mich um. Brandons Vater war gestürzt und lag auf dem Boden.

„Hilf ihm, verdammt noch mal!“, rief Ruth und sah ihren Sohn böse an.

„Aiden! Komm bitte. Dein Vater ist ...“

Aber da kam Aiden schon angerannt und zusammen mit Brandon zog er seinen Vater hoch.

„Hast du dich verletzt?“, fragte Ruth. „Hol doch mal einer die Krankenschwester!“

Aber die kam bereits angelaufen.

„Wieso lassen Sie meinen Mann alleine durchs Haus geistern?“, schimpfte Ruth.

Die Krankenschwester nuschelte etwas von persönlichen Bedürfnissen, denen sie auch mal nachkommen müsste.

„Legt ihn auf das Sofa“, befahl Ruth.

Brandon und Aiden schleppten ihren Vater in das Zimmer, vor dem ich lauschend gestanden hatte, seine Mutter und die Krankenschwester umschwirrten die drei mit hektischen Bewegungen.

Ich stand da wie bestellt und nicht abgeholt.

Und dann ging ich ihnen nach und als ich das Wohnzimmer betrat, stand dort eine Frau, die ich nicht kannte.

Sie drehte mir den Rücken zu. Aber ich konnte sehen, dass sie lange glatte Haare hatte.

Dann drehte sie sich um und als ich in ihr Gesicht und die blauen Augen sah, dachte ich, mein Spiegelbild würde mir gegenüberstehen.

„Oh!“, sagte ich.

„Aha!“, antwortete sie.

Sie kam auf mich zu, zog eine Augenbraue hoch und musterte mich von oben bis unten mit einem Blick, den man nicht gerade freundlich nennen konnte.

„Sie sind also die Frau, die mir angeblich aufs Haar gleicht?“

Sie lachte spöttisch.

„Ich sehe diese Ähnlichkeit nicht unbedingt“, fügte sie hinzu.

„Es gibt Menschen, denen *will* man gar nicht ähnlich sehen.“

Ich sagte das so gelassen wie möglich, obwohl es in meinem Inneren brodelte. Vor mir stand offenbar die Frau, die dafür gesorgt hatte, dass aus Brandon Cooper ein Arschloch geworden war.

„Wenn ich es richtig sehe, sind Sie meine Nachfolgerin bei Brandon? Da werden Sie es nicht leicht haben!“

Du sagst es, du arrogantes Weibsbild.

Unbewusst hatte ich sie in Gedanken genauso genannt, wie mein Boss es getan hatte.

„Und Sie sind diejenige, die ...“

„Die was?“, fragte sie mit einem drohenden Ton in ihrer Stimme.

„Sie werden es selbst am besten wissen, was Sie sind“, antwortete ich und reckte mein Kinn.

Wieder musterte sie mich.

„Ich habe es nicht so gerne, wenn man mich kopiert."

Pah! Hatte die sie noch alle? Wie konnte ich jemanden kopieren, von dessen Existenz ich erst vor einem Tag erfahren hatte?

Ich wandte mich von ihr ab und setzte mich in den nächstbesten Sessel, um endlich meine Stiefel anzuziehen. Dann erst bekam ich das Geschehen um mich herum wieder richtig mit.

Brandons Vater lag auf dem Sofa. Die Krankenschwester untersuchte seinen Kopf. Wahrscheinlich wollte sie sehen, ob er ihn sich irgendwo angeschlagen hatte.

„Ich rufe einen Arzt", sagte Ruth. „Wir müssen sichergehen, dass er sich nichts getan hat."

Brandon hatte ein Telefon in der Hand und wählte eine Nummer. Einen Moment später sprach er auch schon mit jemandem und schilderte die Situation.

Er beendete das Gespräch und dann sah er in meine Richtung. Sein Blick war ... verletzt? Traurig? Wütend? Oder von allem ein wenig?

Aber dieser Blick galt nicht mir. Er ging an mir vorbei an eine Stelle hinter mir und als ich mich umdrehte, sah ich Daina dort stehen und ihn anlächeln.

Hätte mich jemand gefragt, hätte ich geschworen, dass es ein verführerisches Lächeln war, mit dem sie ihn anmachen wollte ...

Flüchten oder bleiben und kämpfen? In mir stritten sich widersprüchliche Gedanken und Gefühle. Diese Achterbahnfahrt, auf die Brandon mich seit zwei Tagen mitgenommen hatte, war kaum auszuhalten.

Ich drehte mich um und ging hinaus in den Flur. Romina kam mir mit den bestellten Getränken entgegen.

„Wo ist mein Mantel?“, fragte ich.

„Ich hole ihn, Miss. Bitte warten Sie einen Moment.“

„Nein, ich hole ihn selbst. Wo ist er?“

Es fiel mir schwer, höflich zu bleiben, denn ich musste hier raus und zwar auf der Stelle.

Romina zeigte mit dem Kopf in die Richtung, in der auch der Flur lag.

„Dort im Wandschrank.“

Ich nickte ihr dankend zu, ging zum Schrank, fand meinen Mantel, schlüpfte hinein und lief hinaus.

Die Sonne stand nicht mehr so hoch, aber es war noch hell genug, um einen Spaziergang zu machen. Ich ging die Allee entlang in Richtung Tor. Als ich davor stand, sah ich daneben eine Tür und einen Schalter, der sie öffnete, als ich draufdrückte. Ich ging durch, ließ die Tür zufallen und dann atmete ich zuerst einmal tief ein und aus.

Hier war so gute Luft.

Endlich war ich alleine!

Ich bog nach links ab und lief den schmalen Streifen neben der Straße entlang. Einen richtigen Fußweg gab es nicht. Aber das machte nichts. Denn es war sowieso alles weiß und außer der Straße und den schneebedeckten Bäumen war nichts zu sehen. Über allem lag eine himmlische Ruhe. Ich hörte nur das Knirschen unter meinen Stiefeln.

Meine Hände vergrub ich tief in die Manteltaschen. Dort fand ich zum Glück meine Handschuhe, zog sie an und stellte den Kragen hoch. Für einen Moment bedauerte ich, keinen Schal dabeizuhaben, aber um nichts in der Welt würde ich zurückgehen, um ihn zu holen. Die Gefahr, einem der anderen über den Weg zu laufen, war zu groß.

Ich lief in schnellem Tempo und versuchte, an nichts zu denken, sondern nur die Ruhe und das viele Weiß um mich herum zu genießen, bis der Zorn, der in mir war, sich ein wenig gelegt hatte.

Das war aber gar nicht so gut, denn nun überschwemmten mich andere Gefühle. Allen voran die Sehnsucht nach Brandon.

Wie kannst du dich nur so heftig in einen Mann verlieben, der dich schlecht behandelt?

Ich erinnerte mich an die Anfangszeit in seiner Agentur. Wie ich mitleidig auf die Frauen geschaut hatte, die ihm zu Füßen lagen und die nichts weiter als einen Tritt von ihm bekommen hatten.

Jetzt bist du selbst so eine geworden!

Ich stöhnte gequält auf.

Falls er wegen Daina so ein Frauenhasser geworden war, war es doch idiotisch, gerade mich, die ich ihr so ähnlich sah, in dieses Land zu holen und in sein Leben zu lassen.

Dann müsste er mich eigentlich meiden wie der Teufel das Weihwasser!

Oder gab es ihm ein gutes Gefühl, wenn er mich, stellvertretend für dieses arrogante Weibsbild, schlecht behandelte? War das eine Art Therapie für ihn? Eine ewige Wiederholung desselben Spiels, ohne dass es eine Veränderung gab?

Und warum hatte Brandon mich mit hierher zu seiner Familie genommen? Aus den Bruchstücken, die ich kannte, musste ich schließen, dass er und sein Bruder um dieselbe Frau gekämpft hatten.

Wollte Brandon diesen Kampf wieder aufleben lassen? Hatte er Daina an Aiden verloren und wollte sich nun rächen, indem er mich vorführte, aber ohne die Chance, dass Aiden auch nur ein Wort mit mir alleine sprechen konnte, weil ich nur in Begleitung von Brandon das Zimmer verlassen durfte?

Nach dem Motto: Schau mal, was *ich* habe. Ich will sie nicht. Aber *du* kriegst sie auch nicht!

Falls es so war: Wie sehr musste er seinen Bruder hassen! Wie tief musste die Wunde sitzen!

Plötzlich tat er mir leid. Am liebsten hätte ich ihn in den Arm genommen und ihn getröstet. Hätte ihm gesagt, dass jeder Schmerz heilte, wenn man ihn nur zuließ.

Doch dann stieg der Ärger darüber, dass er mich benutzte, wieder in mir hoch. So durfte man mit Menschen nicht umgehen!

Aber was war das vorhin auf dem Bett

gewesen? Ein kurzer Ausflug hin zu dem Brandon, der er früher einmal war? Und wo war die plötzliche Wandlung hergekommen? War ihm bewusst geworden, dass ich vielleicht doch mehr ... Ich wagte gar nicht, weiterzudenken.

Es hatte sowieso nicht lange vorgehalten. Ich musste nur an den Blick denken, mit dem er Daina angesehen hatte. Dann fühlte ich sofort die Enttäuschung wieder in mir hochschießen.

Womöglich hatten die schönen Momente, die wir miteinander gehabt hatten, gar nichts mit mir zu tun? Vielleicht hatte er sich eingebildet, sie im Arm zu halten?

Ich stöhnte auf.

Wenn er wenigstens mit mir darüber gesprochen hätte!

Vielleicht hätte er es ja getan, wenn dieses Weibsbild nicht gerade im ungünstigsten Moment aufgetaucht wäre?

Nein, hätte er nicht.

„Ich verspreche dir, dass wir darüber sprechen werden. Aber bitte ... Lass mir ein wenig Zeit. Ich bin gerade erst dabei, mich wiederzufinden."

Durfte ich ihm das glauben? Oder war das nur Hinhaltetaktik, damit ich blieb? Und würde das bei ihm immer so sein? Dieser Kampf zwischen dem Brandon von früher und dem Brandon von heute?

Was sollte dieses Spiel mit dem Feuer? War er so verletzt, dass ihm alles egal war? Auch die Tatsache, einem anderen Menschen das zurückzuzahlen, was einem selbst angetan wurde?

In diesem Spiel bin ich nichts weiter als ein

Ball, der vom einen zum anderen geworfen wird. Ich als Person zählte nichts. Gar nichts. Ich bin nur das Double einer Frau, die wohl beide tief verletzt hatte.

Vielleicht lag er ja schon mit *ihr* auf dem Bett und sie schmachteten sich an und schwörten sich ewige Liebe?

Ich stöhnte auf. Es klang so erbärmlich.

Es gab nur einen einzigen Ausweg aus dieser Situation.

Ich will das aber nicht!

Doch! Du musst!

Wenn ich einen Funken Selbstachtung hatte und nur einen Hauch Selbstliebe ... Dann würde ich gehen *müssen*!

Ich sah mich um und konnte es kaum glauben. Die Sonne war untergegangen, ohne dass ich es gemerkt hatte.

Schnell drehte ich um. Zum Glück war ich ja immer geradeaus gelaufen.

Oder? Ich hatte absolut keine Ahnung, wo ich war.

Hier sah alles gleich aus. Bäume und Straße. Sonst nichts. Und nur wenige Fahrzeuge unterwegs.

Die Leute sind jetzt alle zu Hause, Weihnachten feiern.

Weil ich irgendwie zurückkommen musste, lief ich einfach geradeaus weiter. Ich dachte an meine Familie. Wäre ich besser in Heidelberg geblieben? Ich wusste es nicht. Ich wusste nur eins: *Schnell weg von hier!*

Und dieses Mal wirklich. Ohne, dass Brandon mich wieder aufhalten konnte, um weiter sein perfides Spiel mit mir zu treiben. Am besten ging ich gar nicht mehr hinein in dieses Haus. Romina sollte mir alles bringen und ein Taxi rufen, ohne den anderen etwas zu sagen.

Ja, so würde ich es machen.

Von hinten kam ein Auto gefahren. Sollte ich winken, damit es anhielt und ich nach dem Weg fragen konnte? Aber ich wusste ja weder Straße noch Hausnummer.

Da hörte ich plötzlich etwas Lautes im Gebüsch neben mir knacken und machte vor Schreck einen Hüpfer zur Seite.

Das hätte ich besser nicht getan.

Denn ich rutschte aus und im Hinfallen sah ich die Scheinwerfer auf mich zukommen.

Dann spürte ich nur noch den Schmerz.

Entscheidung

Ich hörte, wie sich eine Autotür öffnete. Einen Moment später stand jemand neben mir und rief entsetzt: „Mänju! Ist dir etwas passiert? Hast du Schmerzen?“

Die Stimme kannte ich und als derjenige sich zu mir herunterbeugte, schossen mir nicht nur wegen der Schmerzen Tränen in die Augen.

„Ich glaube, ich habe mir den Fuß verstaucht.“

„Weißt du, was für ein Glück du hattest, dass ich dich nicht mit dem Wagen erwischt habe?“, fragte er. „Ich fahre dich ins Krankenhaus.“

„Nein, das wird nicht nötig sein. Eine Salbe und ein Verband reichen.“

„Kannst du aufstehen?“, fragte er.

Da hörte ich, wie eine zweite Autotür geöffnet wurde.

„Jetzt hilf ihr doch hoch, damit wir weiterfahren können“, quengelte eine Stimme, die ich ebenfalls kannte.

Daina! Die hatte mir gerade noch gefehlt!

„Ist sonst noch jemand bei dir?“, fragte ich, während Aiden seine Hände unter meine Achseln schob und mich vorsichtig hochzog.

„Wir sind nur zu zweit. Komm, ich bringe dich zum Auto. Soll ich dich wirklich nicht ins Krankenhaus ...?“

„Nein!“, unterbrach ich ihn. „Es geht schon.“

Aber es ging leider nicht. Sobald ich den

rechten Fuß belastete, war es, als würde jemand ein glühendes Messer hineinstechen.

Das merkte auch Aiden und so nahm er mich kurzerhand hoch und trug mich die wenigen Schritte bis zur Autotür, öffnete sie und ließ mich langsam auf den Sitz gleiten.

„Schließ die Tür, es ist kalt!“, fauchte seine nette Begleiterin und trotz meiner Schmerzen fragte ich mich, was die attraktiven Brandon-Brüder ausgerechnet an jemandem wie ihr gefunden hatten. Aber womöglich hatte sie Vorzüge, von denen ich nichts ahnte.

Aiden half mir mit dem Gurt, schloss die Tür, stieg vorne ein und startete.

Während ich gegen den Schmerz ankämpfte, sah ich aus dem Fenster und überlegte, wie ich in diesem Zustand nach Chicago kommen sollte. Aiden mochte ich nicht fragen, ob er mich fahren würde. Die Strecke war viel zu lang und außerdem ... wollte er ja Christmas mit seiner Freundin und seiner Familie feiern.

Aber vielleicht würde er mich zum nächsten Bahnhof bringen.

Ich biss mir auf die Zunge, um ihn nicht zu fragen, wo Brandon war.

Zum Glück dauerte die Fahrt keine fünf Minuten, bis wir wieder vor dem Tor standen, die Allee entlangfuhren und Aiden so nah wie möglich vor der Treppe parkte.

Er öffnete die Beifahrertür und als er mich herausheben wollte, protestierte ich, aber er ließ nicht zu, dass ich auch nur einen Schritt selbst machte.

So kam es, dass er mich auf den Armen die Treppe hochtrug, als sich die Tür öffnete und

Brandon vor uns stand.

Ich schwöre: Sein Blick war noch nie so eisig gewesen!

„Gib sie her!“, befahl er, als sei ich eine Puppe, die der eine Bruder dem anderen abgenommen hatte.

„Quatsch!“, sagte Aiden und wollte an ihm vorbeigehen.

„Gib! Sie! Her!“

Brandon rückte keinen Zentimeter zur Seite.

„Nein!“, antwortete Aiden, der Mann, der heute Morgen noch so überaus freundlich zu mir gewesen war, in einem kalten Ton, der dem seines Bruders verdammt nahekam.

Ich zappelte auf seinen Armen, damit er mich endlich runterließ. Doch er hielt mich mit eisernem Griff fest.

Ich wurde wütend.

„Bitte lass mich runter, Aiden!“, forderte ich.

Aber er machte keine Anstalten, das zu tun.

Da schrie ich los. Ich schrie einfach den ganzen Ärger, die Enttäuschung, die Trauer und die Verzweiflung aus mir heraus.

Sofort stellte Aiden mich ab. Er sah mich an wie ein begossener Pudel.

„Bitte entschuldige!“, sagte er. „Wir sind wohl übers Ziel hinausgeschossen.“

„Und wie ihr das seid“, schimpfte ich. „Ich bin doch keine Marionette, die ihr mal hierhin und mal dorthin ziehen könnt. Schon mal überlegt, dass ich auch Gefühle habe?“

„Entschuldige“, murmelte er noch einmal. „Darf ich dir ins Haus helfen?“

„Das mache ich!“, sagte Brandon und packte mich fest am Arm.

„Und das ist das letzte Mal, dass du mich so grob anfasst, Brandon! Was bildest du dir eigentlich ein? Löse dein Problem mit deinem Bruder und ...“

Ich drehte mich zum Auto, in dem noch immer Daina saß und wohl darauf wartete, dass einer der beiden sie ebenfalls heraushob.

„... und mit der Giftspritze! Doch lass mich in Ruhe! *Ich* habe mit deinen Problemen nämlich nichts zu tun!“

„Entschuldige, Mänju“, sagte nun auch er.

Aber seine Entschuldigung konnte er sich sonst wohin schieben, wenn er sofort danach in der alten Tour weitermachte.

„Vielleicht könnte einer der beiden Herren so freundlich sein und mir ein Taxi rufen. Denn ich habe jetzt genug von euch!“

Ich humpelte ins Haus und hielt mich an dem Tisch fest, der mitten in der Halle stand.

Die Gefühle hatten mich so überrannt, dass ich meine körperlichen Schmerzen kaum spürte. Nur die emotionalen.

„Romina!“, rief ich.

„Lass dir doch von mir helfen“, sagte Brandon so sanft, wie ich ihn noch nie gehört hatte.

„Du kannst mir helfen, indem du ein Taxi für mich rufst!“

Dieses Mal würde es ihm nicht gelingen, mich wieder weichzuklopfen. Er hatte Chancen genung gehabt.

„Bleib bitte hier."

„Nein!"

Ich traute ihm nicht über den Weg. In fünf Minuten war er wieder der eisige Kerl, den ich schon oft genug erlebt hatte.

Nicht mehr mit mir!

„Was ist denn plötzlich in dich gefahren, Mänju? Denk doch daran, wie wir oben auf dem Bett gelegen haben. So viel Nähe habe ich nicht mehr zugelassen, seit ..."

Er schwieg.

„Und genau das ist dein Problem. Du lebst in der Vergangenheit. Ihr beide lebt in der Vergangenheit. Und nie hast du mich gemeint. Kein einziges Mal. Immer nur sie!"

Wie auf ein Stichwort stand Daina plötzlich im Raum und zog bedauernd die Schultern hoch. Aber ich sah ihr an, dass sie nichts bedauerte.

Wegen so einer Person hat er so viele Frauen verletzt.

Ich wollte es gar nicht glauben.

„Romina!", rief ich wieder.

Da kam sie endlich und schaute mich fragend an.

„Was kann ich für Sie tun, Miss?"

„Bitte gehen Sie ins Badezimmer, holen meine Kosmetiksachen und bringen Sie sie zusammen mit dem Trolley nach unten. Ich reise ab. Und bitte rufen Sie mir ein Taxi."

Brandon trat vor mich hin und sah mich eindringlich an.

„Ich bitte dich noch ein letztes Mal: Bleib!"

„Und ich antworte dir ein letztes Mal: Nein!"

„Dann lass mich dich wenigstens zurück nach

Chicago fahren."

Ich drehte ihm den Rücken zu, damit er nicht sah, wie ich mich fühlte. Wie gerne hätte ich genickt und wäre in seine Arme gesunken.

Aber mein Stolz ließ es nicht zu.

Aiden trat auf mich zu.

„Darf ich ..."

„Nein!", sagten Brandon und ich wie aus einem Mund.

„So ein Theater um diese Fremde. Was wollt ihr euch beweisen?", fragte Daina.

„*Ich* werde dich fahren!", bestimmte Ruth.

Niemand hatte bemerkt, dass sie in der Tür stand.

„In unserer Familie ist es noch nie vorgekommen, dass ein Gast ein Taxi benutzen musste."

Sie sah mich streng an. Fast so streng, wie Brandon es tat.

„Und keine Widerrede!"

Wir fuhren durch die Nacht. Keine von uns beiden sprach, obwohl mir tausend Fragen auf der Zunge lagen. Aber ich traute mich nicht.

Wäre es nicht Brandons Aufgabe gewesen, mich über alles aufzuklären?

Da begann Ruth plötzlich zu sprechen.

„Es hat damit angefangen, dass Daina mit ihren Eltern hierhergezogen ist. Sie war ein bezauberndes Mädchen, das jeden mit seinem

Charme um den Finger wickelte. Die Jungs waren in Scharen hinter ihr her. Allen voran meine beiden Söhne."

Mir fiel die Kinnlade herunter. Es konnte nicht wirklich sein, dass sie dieses arrogante Weibsbild meinte.

„Bevor sie kam, hatten Brandon und Aiden sich immer gut verstanden. Einer wäre für den anderen durchs Feuer gegangen. Doch durch den Kampf darum, wer Daina bekommen würde, war es damit vorbei. Brandon ging als Sieger hervor. Das hat Aiden ihm nie verziehen."

Ruth seufzte schwer.

„Mit anzusehen, wie ein Mädchen meine Jungs auseinanderbrachte, war hart für mich. Beide behaupteten, sie würden sie lieben. Aber kriegen konnte sie ja nur einer. Brandon und Daina verlobten sich. Aiden ließ sich zu Hause nicht mehr blicken. Das war eine schwere Zeit für meinen Mann und mich. Dann passierte der Unfall. Dainas Vater war gefahren und dabei umgekommen. Brandon ..."

Es schien ihr schwerzufallen, weiterzusprechen.

„Ja?", fragte ich zaghaft.

„Er lag wochenlang im Koma. Wir hatten fast die Hoffnung aufgegeben. Aiden nutzte die Chance und Daina gab nach."

„Oh nein!", entfuhr es mir.

Nun wurde mir einiges klar.

„Daina, das Mädchen, das früher einmal ein Sonnenschein gewesen war, hatte sich im Laufe der Zeit verändert. Sie war aus recht einfachen Verhältnissen gekommen und für jede Form von Aufmerksamkeit dankbar gewesen. Doch dann wurde sie immer egoistischer, launenhafter und fordernder. Die Jungs haben das gar nicht realisiert. Sie waren zu sehr darauf fixiert, wer sie bekommen hatte und wer nicht.“

Sie warf mir einen Blick aus traurigen Augen zu.

„Und was passierte dann? Wie hat Brandon darauf reagiert? Es muss doch schrecklich für ihn gewesen sein.“

„Wir haben uns alle gefragt, wie sie so etwas hatte tun können. Der Verlobte liegt im Krankenhaus und sie lässt sich mit dem Bruder ein! Ich war so enttäuscht, als ich es erfuhr. Natürlich auch von Aiden. Ihn trifft mindestens genauso viel Schuld. In unserer Familie ist so etwas nicht üblich.“

Zur Bekräftigung nickte sie heftig. Ich schwieg, um ihren Redefluss nicht zu bremsen.

„Ich bin bei meinem Mann geblieben, obwohl er alt und krank ist. Aber durch ihn hatte und habe ich ein wunderschönes Leben. Man muss auch dankbar sein und Treue halten. In guten wie in schlechten Tagen.“

Plötzlich sah ich Ruth mit ganz anderen Augen. Sie war gar nicht diese kühle Person, als die ich sie im ersten Moment wahrgenommen hatte.

„Darf ich fragen, worunter dein Mann leidet?“, fragte ich.

„Alzheimer“, antwortete sie knapp. „Im fortgeschrittenen Stadium.“

Sie machte eine kurze Pause, bevor sie weitersprach.

„Brandon war nach diesem Verrat wie umgewandelt. Er erzählt es mir nicht, aber ich weiß dennoch, dass es danach viele Frauen in seinem Leben gab."

Oh ja!

„Durch die ganze Sache haben wir uns entfremdet. Brandon hat sich so einen festen Panzer zugelegt, dass kein Durchkommen mehr möglich war. Deshalb ist unser Verhältnis ziemlich unterkühlt. Dabei hatte ich mir so sehr gewünscht, dass er eines Tages mit einem netten Mädchen bei uns aufkreuzt, für das er Gefühle hat."

Sie schaute zu mir her.

Ich zuckte mit den Schultern und sah sie traurig an.

Dass er Gefühle für mich hat, das hatte ich mir auch gewünscht.

„Bei Aiden ist Daina auch nicht geblieben. Aufgrund eines Praktikums musste er wochenlang ins Ausland. Kaum war er weg, kam einer, der sie haben wollte, und schon war Aiden sie los. Anscheinend ist das ihre Art. Sie scheint auch vor irgendetwas davonzulaufen."

Da hatten sich die Richtigen getroffen. Einschließlich mir waren wir vier Menschen, die vor ihren Gefühlen wegliefen.

„Aber warum haben die beiden sich dann nicht versöhnt?", fragte ich. „Es gab doch keinen Grund mehr, nachdem beide Daina verloren hatten."

„Der Schmerz, den sie sich gegenseitig zugefügt hatten, war zu groß."

„Darunter leiden nicht nur die beiden", sagte ich.

Ich fühlte mich so einsam, so alleingelassen. Durch das, was Ruth mir erzählte, verflüchtigte sich der Zorn auf Brandon immer mehr und wich einer bodenlosen Traurigkeit.

„Als Brandon dich mit zu uns brachte, war ich schockiert. Zeigte es doch, wie tief er noch in dieser Sache drinsteckt. Dass er dich mit zu uns brachte, war eine Kampfansage an seinen Bruder. Ich weiß nicht, was ihm das bringen soll. Nun ja ... Wir wissen ja, dass Männer anders ticken. Immer wollen sie kämpfen und sich beweisen. Schade ist, wenn dieser Kampf zwischen Brüdern stattfindet."

„Und ich bin die Verliererin zwischen den Fronten", murmelte ich mit einem Kloß im Hals.

„Es tut mir wirklich sehr leid, dass du in die Fehde der beiden Sturköpfe hineingezogen wurdest", sagte sie. „Bist du in Brandon verliebt?"

Sie sah kurz zu mir herüber.

„Entschuldige meine direkte Frage. Du musst natürlich nicht antworten."

„Ja, ich bin in Brandon verliebt. Sehr sogar. Aber er hat mich fast immer nur schlecht behandelt. Ich will das nicht mehr."

„Und jetzt? Was willst du tun? Abwarten, bis er sich meldet? Ihn zur Rede stellen, wenn du wieder an deinem Arbeitsplatz bist?"

Erneut gingen mir seine Worte durch den Kopf.

„Ich hatte nie vor, dich fest bei mir anzustellen. Du warst nur für die Rolle eingeplant, die du hier zu spielen hast."

Mein Gastspiel war beendet.

„Ich fliege zurück nach Deutschland. Am liebsten würde ich noch heute in ein Flugzeug steigen!"

„Und dein Fuß? Du hast doch Schmerzen."

„Ach, das. Das ist nichts im Vergleich zu dem, wie es in mir drinnen aussieht ...“

Sie streckte ihren Arm zu mir herüber und drückte tröstend meine Hand.

„Danke“, sagte ich und wischte mir verstohlen eine Träne aus den Augen.

Wir schwiegen wieder. Erst, als wir kurz vor Arlington Heights waren, sprach sie weiter.

„Sag mir bitte: Gibt es etwas, das Brandon tun kann, damit du nicht gehst?“

„Was sollte er denn tun? Jetzt, wo Daina zurückgekehrt ist, wird er wieder mit Aiden um sie kämpfen.“

„Nein, das wird er nicht“, sagte sie mit so viel Überzeugung in der Stimme, dass ich es ihr fast glaubte. Aber nur fast.

„Daina ist das kleinere Problem. Aiden hat sie doch nur angeschleppt, als er kapierte, was sein Bruder mit dir vorhat. Sie hat mit dem bezaubernden Mädchen von damals nichts mehr gemeinsam. Das wird Brandon ganz schnell merken, sofern er überhaupt noch Interesse an ihr hat. Wahrscheinlich ist er längst über sie hinweg, ohne es zu realisieren. Wenn man sich erst einmal einen Panzer angelegt hat, ist es schwer, ihn einfach so abzulegen. Dazu braucht man jemanden mit ehrlichen Gefühlen.“

Sie schaute wieder zu mir herüber.

„Ich kenne dich nicht, aber ich habe ein gutes Gespür für Menschen.“

Ich schluckte schwer. Dann sagte ich schnell: „Und Aiden? Wird er sie wiederhaben wollen?“

„Ich glaube nicht. Er hat eine Bemerkung gemacht, dass es eine Frau gibt, die ihm gefällt. Aber es war noch zu früh, sie uns an einem

Familienfest wie Christmas zu präsentieren."

Ruth seufzte.

„Hätte er sie doch mitgebracht! Dann wäre alles ein wenig anders gelaufen."

„Ja, das wäre es wohl."

„Sag, Mänju: Willst du nicht wieder mit mir zurückfahren und ihr beide versucht es noch einmal? Ich bin sicher, Brandon kann sich ändern."

Dieses Angebot war so verführerisch, dass ich am liebsten genickt hätte. Aber mein Stolz hielt mich davon ab. Deshalb schüttelte ich den Kopf.

„Nein! Er hat mich zu sehr gedemütigt. Ich hätte Angst, er würde mich auslachen, wenn ich wiederkäme."

Ruth schwieg. Ob sie auch mit dieser Möglichkeit rechnete?

„Ich verstehe! Dann frage ich dich noch einmal: Gibt es etwas, das Brandon tun kann, damit du ihm eine Chance gibst?"

Ich nickte. Ja, da gab es etwas. Aber das würde er mir nicht erfüllen können.

„Ich müsste wissen, dass Brandon mich meint, wenn er mich küsst und nicht Daina oder den Rachefeldzug gegen seinen Bruder!"

Bad Boss

Ruth hatte mir geholfen, das eine Stockwerk nach oben zu steigen. Als sie meine kleine Wohnung sah, verdrehte sie die Augen.

„Lieber hier alleine als bei uns?“, fragte sie.

„Nicht lieber“, antwortete ich. „Eher gezwungenermaßen.“

„Du willst es dir nicht noch mal überlegen?“

„Nein, ganz lieb, dass du fragst. Aber ... ich kann nicht. Außerdem tut mir der Fuß so weh, dass ich froh bin, wenn ich liegen kann.“

Und meine Ruhe vor einem gewissen Bad Boss habe.

„Hast du etwas zu essen da?“

Essen war jetzt mein kleinstes Problem.

„Ja“, schwindelte ich.

„Ich lasse dir von unserem Fahrer eine Kleinigkeit schicken. Hast du Vorlieben oder Abneigungen?“

„Bitte, Ruth. Du brauchst das nicht zu tun. Dein Fahrer will doch auch Weihnachten feiern. Ich habe wirklich keinen Hunger.“

Sie sah mich skeptisch an.

„An Christmas alleine in dieser kleinen Wohnung. Und alles nur wegen so einem unnützen Zeug. Brandon ... ach! Ihm gehört der Hintern versohlt!“

Ich musste lachen bei der Vorstellung, dass die schmale, vornehme Ruth ihren großen Sohn übers Knie legte, um ihm das zu geben, was er offensichtlich verdient hatte.

„Ich danke dir. Und bitte fahr wieder heim. Deine Familie wartet doch auf dich. Ich will mich jetzt wirklich nur noch hinlegen und schlafen.“

Da nahm sie mich in den Arm und drückte mich an sich. Für einen Moment fühlte ich mich sicher aufgehoben. Da ließ sie schon wieder los.

„Bist du dir sicher?“, fragte sie.

„Ja, bin ich.“

„Trotzdem werde ich dir jetzt erst noch den Fuß eincremen.“

Sie hatte es sich nicht nehmen lassen, an einem Laden vorbeizufahren, um Salbe und Verbandszeug zu kaufen.

Weil sie sich doch nicht davon abbringen lassen würde, zog ich Hose und Strümpfe aus, setzte mich in einen der beiden Sessel und streckte ihr meinen Fuß hin. Die schmerzende Stelle war ziemlich dick geworden.

Sie sog laut die Luft ein und schimpfte los.

„Man hätte dich zwingen müssen, ins Krankenhaus zu gehen. Womöglich ist etwas gebrochen.“

„Nein, nur verstaucht. Das kann schmerzhafter als ein Bruch sein“, sagte ich aus Erfahrung.

Sie rieb die Stelle ein, machte den Verband drum und schaute zufrieden auf ihr Werk.

„Jetzt gibst du mir noch deine Telefonnummer“, forderte sie in einem Befehlston, der keinen Widerspruch duldete.

Nach mehreren Ermahnungen und der Ankündigung, dass der Fahrer mir morgen die Reste vom Essen bringen würde, verabschiedete sie sich.

Ich atmete auf. Es hatte gutgetan, unter ihren Fittichen zu sein und endlich die Hintergründe für Brandons Verhalten zu erfahren. Aber ich war zutiefst erschöpft. Deshalb zog ich mich aus, passte auf, dass ich den Fuß nicht belastete und hüpfte auf einem Bein ins Bett.

Und als ich endlich lag, ließ ich meine Traurigkeit aus mir heraussprudeln ...

Als ich aufwachte, brauchte ich einen Augenblick, bis mir klar wurde, dass ich wieder in Chicago war. Einen Moment später schossen die Bilder der letzten Tage durch meinen Kopf. Nicht einmal achtundvierzig Stunden war es her, dass Brandon mich morgens angerufen und zu sich bestellt hatte, damit ich ihn zu seinen Eltern begleitete.

Wenn ich nur daran dachte, mit welcher Hoffnung ich losgefahren war. Eine Festanstellung hatte ich gewollt, um mir eine Wohnung in einem der angesagten Viertel leisten und in dieser schönen Stadt bleiben zu können. Und nicht zuletzt hatte ich mir ein Weihnachtsfest bei netten Menschen gewünscht.

Und nun saß ich doch alleine in einem langweiligen Vorort, hatte Schmerzen und wusste nicht, was ich als nächstes tun sollte.

Sofort nach einem Flug schauen und abhauen?

Erst zwei oder drei Tage warten, bis vielleicht

...?

Ja, ich hatte tatsächlich die Hoffnung, dass das Weihnachtswunder noch eintreten könnte, wenn auch verspätet.

Eine dumme Nuss bist du, Manu!, schimpfte ich mit mir.

Aber so war ich nun mal. Ich hoffte immer bis zum Schluss, dass sich die Dinge, die ich haben wollte, zu meinen Gunsten entwickelten. Doch dieses Mal würde ich vergeblich hoffen. Das war mir klar.

Ich setzte mich auf und sofort war der Schmerz in meinem Fuß wieder da und raubte mir für einen Moment den Atem.

Wie soll ich damit nach Hause fliegen?

Noch bevor ich das zu Ende gedacht hatte, wusste ich, dass es nur eine Ausrede war, um länger in Brandons Nähe bleiben zu können.

Ich stand vorsichtig auf und hüpfte ins Bad.

Du meine Güte, siehst du aus!

Dass die Haare wirr um meinen Kopf hingen, kannte ich ja. Aber dunkle Schatten unter den Augen? So etwas hatte ich noch nie gehabt.

Ich spritzte mir kaltes Wasser ins Gesicht und putzte die Zähne. Dann ging ich in die Küche, ließ einen Kaffee durchlaufen und bereute, nichts zu essen eingekauft zu haben. Seit dem späten Frühstück gestern hatte es nichts mehr für mich gegeben.

Im Schrank fand ich eine angebrochene Packung Kekse.

Ich ließ mich auf den nächstbesten Stuhl fallen, biss in einen Keks und fühlte mich, als hätte die Familie Cooper mich irgendwo in der Wildnis ausgesetzt. Mein Fuß tat noch so weh, dass ich die Wohnung gar nicht hätte verlassen können, selbst wenn ich gewollt hätte. Aber das war ja nicht der tatsächliche Grund für dieses Gefühl von Alleinsein, das mir die Luft abdrückte ...

Ich legte den Keks weg, trank den Kaffee aus und humpelte wieder zum Bett, um mir die Decke über den Kopf zu ziehen.

Das Piepen meines Smartphones weckte mich. Mein Herz klopfte heftig, als ich meinen Arm ausstreckte, um zu checken, ob mir *derjenige* geschrieben hatte, der so präsent in meinem Kopf und meinem Herzen war, dass ich nur sehr schlecht hatte schlafen können.

Ich hatte es gewusst: Wenn ich ging, würde ich die Gedanken an Brandon ja doch mitnehmen.

Die Nachricht war ein verspäteter Weihnachtsgruß von einer entfernten Bekannten.

Enttäuscht legte ich das Handy zur Seite.

Trotz meiner Sehnsucht nach einem Zeichen von ihm bereute ich nicht, geflüchtet zu sein. Das war ich mir einfach schuldig gewesen.

Es war später Vormittag. Draußen waren die Alltagsgeräusche zu hören. In den USA war Weihnachten nach dem Fünfundzwanzigsten vorbei. Ich könnte also aufstehen und meinem normalen Leben nachgehen.

Doch was war mein normales Leben? In die

City fahren und ins Büro gehen? Brandon würde garantiert nicht auftauchen und selbst, wenn er das tun würde, bekämen mich keine zehn Pferde dorthin, auch wenn mich die Sehnsucht nach ihm fast umbrachte.

Eine Masochistin bist du!, schimpfte ich mit mir.

Aber das änderte ja nichts. Gefühle konnte man nicht wegschimpfen. Sie kamen und gingen, wie sie wollten.

Ein unbekanntes Geräusch ließ mich hochschrecken. Erst beim zweiten Mal erkannte ich, dass es sich wohl um die Türklingel handeln musste.

Brandon?, war mein erster Gedanke.

Nie und nimmer!, mein zweiter.

Ich beschloss, einfach liegen zu bleiben. Da hatte sich sicher jemand in der Tür geirrt.

Aber dann klingelte es ein drittes Mal.

Fluchend quälte ich mich aus dem Bett und hüpfte zur Tür. Als ich sie einen Spaltbreit öffnete, stand ein Mann vor mir, den ich schon mal flüchtig gesehen hatte. Er trug eine Uniform und hielt einen Styroporbehälter in den Händen.

„Guten Morgen, Miss. Mrs. Cooper hat mich beauftragt, Ihnen das hier zu bringen."

Das versprochene Essen!

Ich hielt die Tür weit auf und als ich jemanden die Treppe heraufkommen hörte, setzte mein Herzschlag für einen Moment aus.

Brandon?

Hatte er unten gewartet, bis er sicher war, dass ich auch öffnen würde?

Ich sah auf der Treppe einen Kopf mit dunklen Haaren auftauchen und umklammerte fest den Türknauf, als könnte er mir beistehen.

Doch dann sah ich den Mann. Er war ein Fremder, der freundlich grüßte und weiter nach oben stieg.

Der Fahrer der Coopers hatte den Behälter auf dem kleinen Esstisch abgestellt. Jetzt tippte er grüßend an seine Mütze und schon war er wieder draußen.

Enttäuscht schlug ich die Tür zu und hüpfte zum Tisch, um den Behälter zu öffnen. Der Duft gebratenen Geflügels strömte mir entgegen und ließ mir das Wasser im Mund zusammenlaufen.

So schnell es ging, holte ich einen Teller und füllte ihn mit der Truthahnbrust. Dazu gab es Kartoffelpüree und grüne Bohnen.

Nur, weil Brandon es nicht für nötig hält, dir hinterherzulaufen, musst du dich ja nicht verhungern lassen!

Es tat so gut, den Zorn auf ihn zu spüren, denn der war leichter zu ertragen als diese bodenlose Traurigkeit.

Das Essen hatte herrlich geschmeckt, mein Magen war voll und ich fühlte mich besser. Aber nur ein wenig.

Ich nahm mein Smartphone und machte mich auf die Suche nach einem Flug. Als ich die Preise sah, fiel ich fast vom Stuhl. Wenn ich Glück hatte und das günstigste Ticket bekam, würde es immer noch doppelt so viel kosten, wie das für den Hinflug und ich würde wegen des Zwischenstopps über dreißig Stunden unterwegs sein.

Weitaus schlimmer war jedoch, dass ich meinen Eltern meine überstürzte Rückreise erklären musste. Ich hatte zwar schon angedeutet, dass mein Boss ein wenig anstrengend sei, aber mehr hatte ich nicht gesagt, um sie erstens nicht zu beunruhigen und zweitens nicht zu provozieren, dass sie mir in den Ohren lagen, zurückzukommen.

Sie hatten mich nicht gerne ziehen lassen und wenn sie wüssten, wie es mir mit Brandon ging, wären sie wahrscheinlich höchstpersönlich aufgetaucht, um mich abzuholen. Aber das wollte ich nicht. Es war schwer genug für mich gewesen, das Nest zu verlassen. Eine Rückkehr dorthin stand außer Frage.

Was wäre, falls ich hierbleiben würde?

Für einen Moment hatte ich die Hoffnung, eine Lösung zu finden. Einen Job, selbst, wenn es das Tellerabräumen in einem Diner war, irgendetwas, das mir über die erste Zeit hinweghelfen würde, müsste zu kriegen sein.

Aber dann fiel mir ein, dass meine Aufenthaltsgenehmigung an den Job bei Brandon gebunden war und ohne Arbeitsgenehmigung würde ich nichts bekommen und falls doch, drohte mir eine hohe Strafe, wenn ich erwischt wurde.

Ich kannte die strengen Bestimmungen in den USA. Keine Genehmigung für einen Gast aus Deutschland, sofern es eine Arbeit war, die auch ein Amerikaner erledigen konnte ...

Ich seufzte.

Es würde mir nichts anderes übrig bleiben, als meine Eltern zu bitten, den Flug für mich zu buchen.

Aber erst für übermorgen! Und wenn ich mich mit Schmerztabletten bis oben hin vollpumpen musste: Ich würde mich von meiner Stadt verabschieden!

Den Gedanken, dass ich damit Brandon die Chance geben wollte, doch noch bei mir aufzutauchen, verdrängte ich ganz schnell.

Nach einer unruhigen Nacht, in der ich von Brandon geträumt hatte, wachte ich sehr früh auf. Draußen war es noch dunkel. Ein Blick auf die Uhr zeigte mir, dass es erst kurz vor sechs war. Aber ich setzte mich trotzdem auf und bewegte vorsichtig meinen Fuß. Die Schmerzen waren nach wie vor da, jedoch nicht mehr so heftig.

Dann griff ich zu meinem Smartphone. Ich hatte die Enttäuschung, dass es nicht gepiept hatte, auf später, wenn ich aus dem Bad kam, verschieben wollen. Aber da war noch ein Hauch von Hoffnung, dass ich es nur nicht gehört haben könnte.

Ich checkte meine Nachrichten und obwohl ich es geahnt hatte, traf die Enttäuschung mich trotzdem wie ein Keulenschlag.

Riesenarsch Bad Boss Brandon Cooper! Verschwinde endlich aus meinem Kopf!

Eine Stunde später war ich fertig, um mich auf den Weg zum Zug zu machen. Ich hatte ein wenig von dem Weihnachtsgebäck gegessen, das Ruth mitgeschickt hatte, um etwas im Magen zu haben, bevor ich mir eine Schmerztablette einwarf.

Schade, dass es keine Tabletten gab, die unerwünschte Gedanken und Gefühle vertrieben.

Ein letztes Mal stand ich auf dem Bahnsteig und wartete auf die Metra, die Bahnlinie, die mich nach Downtown Chicago bringen würde. Der Zug war ziemlich leer, heute war der Siebenundzwanzigste, vielleicht hatten die Leute frei. Draußen war es noch immer dunkel, aber ich starrte trotzdem aus dem Fenster und hing meinen Gedanken nach.

Morgen würde ich fliegen. Meine Eltern waren zuerst erschrocken und danach erfreut gewesen, dass ich zurückkommen wollte. Sie hatten ein Ticket für den Nachmittag gebucht und anstandslos den hohen Preis bezahlt, obwohl sie es auch nicht so dicke hatten. Was ich tun wollte, wenn ich zu Hause war ... Darüber wollte ich mir erst den Kopf zerbrechen, sobald es so weit war. Kurz vor Silvester konnte ich sowieso nichts bewegen.

Endlich ging die Sonne auf, in der Ferne sah ich die wunderbare Skyline von Chicago und es zog mir den Hals zu.

Ich will hier nicht weg!

Es war so hart, meinen Traum, hier wenigstens für ein halbes Jahr zu leben, begraben zu müssen. Ich war doch gerade erst drei Wochen hier und es gab so viel, was ich nicht gesehen hatte.

Ich schluckte schwer, um die Tränen zurückzudrängen.

Dann fuhr der Zug in den Bahnhof ein. Um meinen Fuß nicht zu sehr zu belasten, ging ich nur ein paar Querstraßen weiter zu meinem Lieblingscafé. Womöglich war das ein Fehler, denn als ich an einem der kleinen Tische saß und einen Espresso trank, schoss die Erinnerung an die Mittagspausen, die ich hier verbracht hatte, mit aller Macht hoch. Ich durchlebte noch einmal die verschiedenen Situationen, in denen mich Bad Boss Cooper genervt hatte.

Ein Glück, dass du den los bist!, versuchte ich, mir gut zuzureden.

Ich zahlte und humpelte weiter zur Haltestelle der L, Chicagos Hochbahn. Um meinen Fuß so wenig wie möglich zu belasten und trotzdem viel zu sehen, würde ich eine Fahrt mit der roten Linie durch die Loop machen. Das war ein Teil der Innenstadt, den ich besonders mochte.

Zum Glück pfiff der Wind heute nicht so heftig und so war es nicht mehr als gefühlte zehn Grad minus. Die Sonne war schon ein ordentliches Stück hochgestiegen und schickte ihre warmen Strahlen in die Häuserschluchten.

Konnte man an Abschiedsschmerz sterben? Es fühlte sich jedenfalls so an, als ich in der Bahn saß und die Häuser an mir vorüberzogen.

Jetzt reiß dich mal zusammen, du Jammerliese!, schimpfte ich mit mir selbst.

Aber es nützte nichts.

Ich will hier nicht weg!, war das Einzige, was ich denken konnte und ich wusste, dass der Abschiedsschmerz nicht nur der Stadt galt ...

Als das Telefon klingelte, zuckte ich

zusammen.

Brandon?

Auf dem Display leuchtete eine Nummer auf, die mir fremd war.

„Hallo?“

„Guten Morgen, Mänju. Hier spricht Ruth.“

Mein Herz machte einen Hüpfer. Wenn es auch nicht Brandon war, dann war es dennoch jemand aus seiner Familie.

„Wo steckst du?“, fragte sie. „Ich will mich mit dir auf einen Kaffee treffen.“

„Ich mache meine Abschiedstour durch Chicago“, antwortete ich. „Im Moment sitze ich in der L.“

Sie sog scharf die Luft ein.

„Was bedeutet Abschiedstour?“

„Ich fliege morgen zurück nach Deutschland. Mein Flug geht um fünfzehn Uhr dreißig.“

Ich hatte es nicht sagen wollen, aber die Worte schlüpften einfach über meine Lippen, um ihr diese Info zu geben, denn ich hatte mir in den schlaflosen Momenten letzte Nacht immer wieder vorgestellt, dass Brandon mich kurz vor der Sicherheitskontrolle davon abhalten würde, in das Flugzeug einzusteigen. Solche Szenen hatte ich schon in so vielen Filmen gesehen. Warum sollte mir so etwas nicht auch passieren?

„Wo wollen wir uns treffen? Hast du einen Lieblingsort, den du besuchen möchtest?“

„Wann?“

„Gegen elf Uhr kann ich da sein“, sagte sie.

„Dann würde ich gerne in die Bar des Hancock Centers gehen. Ich liebe die Aussicht über die Stadt.“

„Gut. Ich komme.“

Als ich im Fahrstuhl hoch in den 96. Stock des Hancock Centers fuhr, hatte ich die aberwitzige Hoffnung, dass Brandon oben stehen und auf mich warten würde. Aber als sich die Tür öffnete, stand nur ein eng umschlungenes Liebespaar davor und küsste sich.

Eine Kellnerin brachte mich an einen Tisch direkt vorne an den bodentiefen Fenstern. Während ich auf meine Limonade wartete, starrte ich auf die Hochhäuser, die ich auch aus Brandons Büro immer betrachtet hatte.

Es wird echt Zeit, dass du hier wegkommst!

„Hallo, Liebes", begrüßte mich eine freundliche Stimme.

Ruth stand vor mir. Und ... sie war alleine.

Ich erhob mich, um sie zu begrüßen. Da breitete sie die Arme aus und drückte mich an sich. Dass ich diese herzliche Frau jemals für kühl gehalten hatte, war mir schleierhaft. Wahrscheinlich hatte sie ein wenig unter Schock gestanden, als sie mich das erste Mal gesehen hatte.

Sie hielt mich ein Stück von sich weg und sah mich prüfend an.

„Du siehst leidend aus", stellte sie fest. „Was macht dein Fuß?"

„Ach, nicht so schlimm. Ich freue mich sehr, dass wir uns noch einmal sehen. Ganz lieben Dank für das Essen gestern. Es hat echt lecker geschmeckt."

„Das war doch selbstverständlich."

„Eine Flasche Champagner bitte", sagte Ruth zu der Kellnerin, die die ganze Zeit wartend neben dem Tisch gestanden hatte.

„Ich dachte, bei dir gibt es Alkohol frühestens zum Lunch?"

„In meinem Haus, ja. Aber nicht auswärts", lachte sie.

Die Kellnerin kam mit dem Champagner, öffnete die Flasche und schenkte uns ein.

„Danke Ihnen", sagte Ruth, hob ihr Glas und prostete mir zu.

„Auf dich!"

Ich lächelte sie an.

„Und auf dich!"

„Dein Lächeln wirkt ganz schön schief", meinte sie, als sie ihr Glas auf dem Tisch abstellte.

„Ach ...", sagte ich nur.

„Du willst nicht wirklich weg, stimmt's?"

Ich schüttelte den Kopf. Dann nickte ich. Es war mir nicht möglich zu sprechen. Würde ich auch nur einen Ton sagen, kämen mir sofort Tränen.

„Wir hatten eine ziemlich aufregende Zeit, nachdem du weg warst. Als ich aus Chicago zurückkam, hatte nicht nur Brandon ein blaues Auge. Meine Söhne hatten sich tatsächlich geprügelt. Kannst du dir das vorstellen? Zwei erwachsene Männer? Noch dazu vor unserem Besuch?"

Ich hielt erschrocken die Luft an.

Hatten sie sich wegen Daina geschlagen?

Ruth lachte.

„Wahrscheinlich war das mal nötig. Selbst, wenn sie noch so zivilisiert sind, regeln Männer manche Dinge besser mit den Fäusten."

„Und Daina?"

Dieses arrogante Weibsbild?, fügte ich in Gedanken hinzu.

„Ich habe sie gebeten, unser Haus zu verlassen und nie mehr wieder zu betreten."

Ruth sah mich ernst an, als sie das sagte.

„Sie hat in der Vergangenheit genug Unruhe in unserer Familie gestiftet, wenn auch immer zwei – oder in diesem Fall drei – dazugehören."

„Oh!", sagte ich nur. „Waren die beiden nicht sauer darüber?"

„Ich musste ordentlich auf sie einreden. Zwischendurch habe ich es auch mit Tränen versucht. Denn sie wollten partout nicht miteinander sprechen. Am Ende habe ich gedroht: ‚Wenn ihr euch jetzt nicht die Hände reicht, könnt ihr ebenfalls verschwinden und braucht dieses Haus nicht mehr zu betreten!' und habe losgeheult. Das hat sie so beeindruckt, dass sie sich widerstrebend zu mir gesetzt haben. So kam endlich einmal alles auf den Tisch."

„Und dann?", frage ich leise. „Ist Brandon Daina nachgelaufen?"

„Ach, was!", sagte sie und nahm einen Schluck. „Er ist hoch in sein Zimmer gegangen, hat sich von Romina eine Flasche Wodka bringen lassen, und hat sich betrunken."

„Oh!"

Ob der Alkohol dieses Mal auch seine Gefühle freigelegt hatte?

„Am nächsten Tag kam er verkatert zum

Mittagessen herunter. Er ging auf Aiden zu und boxte ihn ziemlich fest auf den Oberarm."

„Oh, nein!"

„Aiden stand auf, boxte zurück und dann haben sie sich umarmt. Seitdem sind sie wieder ein Herz und eine Seele."

Ruth lachte mich glücklich an.

„Ende gut, alles gut", sagte sie und erhob sich. „Ich muss mal kurz wohin."

„Ende gut, alles gut ..."

Alles? Nein.

Ich trank von dem Champagner und sah mich um. Wieder hatte ich die Hoffnung, dass Brandon auftauchen würde. Vielleicht war seine Mutter deshalb auf der Toilette verschwunden?

Doch von ihm war nichts zu sehen.

Du hast zu viele Kitschfilme geschaut!

Ja, das war wohl der Grund.

Ruth kam zurück an den Tisch.

„Trink aus, Liebes. Wir gehen."

„Wohin?"

„Du willst doch eine Abschiedstour machen. Das geht viel einfacher, wenn wir uns fahren lassen."

„Und wer ... ähm ... wer fährt uns?", fragte ich.

„Du kennst ihn. Er hat dir gestern das Essen gebracht."

„Ach, so."

Ja, den Fahrer kannte ich tatsächlich.

Wir fuhren mit dem Lift nach unten, Ruth rief den Chauffeur an und als wir die Stufen zur Straße hochstiegen, stand die Limousine auch schon da.

Ruth öffnete die Tür.

„Steig du zuerst ein“, befahl sie.

Kaum saß ich, schlug sie die Tür zu und der Fahrer trat aufs Gaspedal.

„He! Was machen Sie?“, rief ich erschrocken. „Mrs. Cooper steht doch noch draußen.“

„Sie wollte nicht mit“, sagte da eine tiefe Stimme, die ich sehr gut kannte. „Aber sie hat mir gesagt, wo ich dich hinbringen soll, Sweetheart.“

Epilog

„Wie dumm ich doch war“, raunte mein Bad Boss mir zwischen zwei Küssen ins Ohr.

Wir lagen auf dem Bett, engumschlungen. Es war so ... so wunderbar, was da gerade mit mir geschah, dass ich es kaum glauben konnte.

So viel Hoffen, so viele Enttäuschungen und nun ... lag ich mit dem Mann im Bett, der meinen Atem stocken ließ.

Brandon hatte mich nach oben in seine Wohnung gebracht und sofort ins Schlafzimmer gezogen.

„Ich habe Hunger auf dich!“, sagte er.

Er riss mir die Kleider vom Leib – mal wieder – und knurrte: „Morgen kaufen wir ganz viele Sachen für dich ein!“

„Wir müssen zuerst reden“, protestierte ich.

„Später!“

Er streichelte mich auf eine neue Art, die ich von ihm noch nicht kannte. Es war fast ehrfurchtsvoll. Aber es war auch besitzergreifend.

„Träume ich?“, flüsterte ich und hatte Angst, jeden Moment aufzuwachen.

Da drehte er mich auf den Bauch und gab mir einen Klaps auf den Po.

„Autsch!“, grinste ich.

„Da hast du deine Antwort“, sagte er, drehte mich wieder auf den Rücken und küsste mich mit solch einer Leidenschaft, dass ich alles um mich herum vergaß.

Doch dann hielt ich inne und machte mich von ihm los.

Irritiert sah er mich an.

„Was ist mit dir?"

„Woher weiß ich, dass du dich nicht in ein paar Minuten wieder in ein Ekelpaket verwandelst, Brandon Cooper? Diese Gefühlsachterbahn mit dir ... Das halte ich nicht aus!"

„Okay!", sagte er und setzte sich auf. „Ich war ein Riesenarschloch."

Ich setzte mich auch auf.

„Würde ich jetzt Nein sagen, würde ich lügen."

Er nahm meine Hände und sah mich eindringlich an.

„Pass auf, Mänju. Ich sage solche Dinge nur einmal, denn es liegt mir nicht, zu viel über meine Gefühle zu sprechen."

Er machte eine kleine Pause und ich schwieg, um ihn nicht davon abzubringen, mir etwas zu sagen, das ihm offensichtlich schwerfiel.

„Ich habe immer nur versucht, meinen Schmerz zu besiegen."

Wieder hielt er inne.

„Dass ich dabei den falschen Weg gegangen bin, ist mir erst gestern so richtig bewusst geworden. Meine Mutter hat dir sicher erzählt, was bei uns zu Hause vorgefallen ist."

Ich nickte.

„Dass ich mich dir gegenüber wie ein Arschloch verhalten habe. Nun ja ... du weißt inzwischen, warum ich ein - nennen wir es mal spezielles - Verhältnis zu Frauen hatte."

„Hatte?", flüsterte ich, als wäre es ein Fehler, dieses Wort laut auszusprechen.

„Ja!", sagte er mit fester Stimme. „Hatte!"

„Was ist jetzt anders, Brandon?"

„*Du* bist anders."

„Hast du das zu all den anderen auch gesagt?"

Kaum hatte ich den Satz ausgesprochen, bereute ich es auch schon, denn er sah mich böse an.

„Das solltest du doch mitbekommen haben. Die anderen habe ich am nächsten Tag nicht mehr angesehen."

Er beugte sich näher zu mir und sah mir tief in die Augen.

„Ich würde das gern hier und jetzt beenden."

Ich sog scharf die Luft ein.

„Was meinst du?", flüsterte ich fassungslos.

Ging das schon wieder los? Würde er mich aus seiner Wohnung werfen?

Ich dreh dir den Hals um, wenn du das tust, Brandon Cooper!

„Schau mich doch nicht so giftig an! So habe ich es nicht gemeint! Das mit den anderen Frauen. *Das* werde ich beenden. Ich brauche die nicht mehr."

Ich konnte es regelrecht hören, wie mir ein Stein vom Herzen fiel. Aber die Sache war trotzdem noch nicht gegessen.

„Was ist mit Daina?"

„Daina ist Geschichte. Ein für alle Mal."

„Ich dachte, du empfindest noch etwas für sie."

„Wenn du meinst, dass ich Verachtung für sie

empfinde? Ja!“

„Sicher?“

„Ganz sicher. Wirst du mir jetzt endlich glauben?“

„*Was* soll ich dir denn glauben?“

„Dass ich will, dass du hier bei mir bleibst, weil du die Einzige für mich bist!“

Er zog mich an sich heran und wollte mich wieder küssen.

Obwohl seine Worte so wunderschön klangen, war ich noch nicht fertig mit ihm.

„Warum hast du deine Mutter vorgeschickt?

„Ich habe sie gebraucht, um bei dir Vertrauen mir gegenüber aufzubauen.“

„Das war sehr klug von dir. Wärst du einfach so aufgetaucht ...“

Hätte ich ihm dann die Tür vor der Nase zugeschlagen? Ich war mir nicht sicher.

Ich wusste nur eins ganz genau: Ich wollte diesen Mann. Ich wollte ihn von ganzem Herzen und mit Haut und Haaren und überhaupt ...

Deshalb ließ ich zu, dass er mich fest an sich zog und mich küsste.

„Schau mich an!“, sagte er im Befehlston.

Ich sah ihm in die Augen und ich sah, dass sich der Ausdruck geändert hatte. Da war nichts Eisiges mehr. Nur noch Zuneigung und Zärtlichkeit für mich.

Ich glaubte, mein Herz müsste vor Glück gleich zerspringen. Das Weihnachtswunder ... Es war endlich eingetreten!

Und dann ... als er in mich eindrang und mich in Besitz nahm ... da blickte er mir noch immer tief in die Augen. Er bewegte sich ganz langsam in mir. So, als wollte er es bis in alle Ewigkeit auskosten, dass wir zusammen waren.

Doch irgendwann hielt ich es nicht mehr aus und als ich kam, schrie ich laut seinen Namen.

Endlich durfte ich meine Gefühle für ihn zeigen. Durfte ihn küssen und streicheln, ohne Angst haben zu müssen, dass er mich zurückwies.

Oder?

Als auch er kam, mich dabei ganz fest an sich drückte, und meinen Namen murmelte, lösten sich meine Zweifel auf.

Dann, als ich neben ihm in seinen Armen lag, sagte er es noch einmal und dieses Mal klang es sehr bestimmend.

„Ich will, dass du bei mir bleibst!"

„Wer weiß?", antwortete ich.

„Meine Mutter hat gesagt, dass du für morgen einen Rückflug gebucht hast. Den werden wir stornieren."

„Werde ich hier auch noch gefragt?", protestierte ich.

Er lachte.

Dann nahm er meine Hände und küsste sie.

„Du verzeihst mir also?"

„Ja!" sagte ich zähneknirschend. „Ich verzeihe dir."

„Ab jetzt gehörst du mir", sagte er.

„Okay ..."

„Okay, was?"

„Okay, Boss!"

„Das ist mein Mädchen!"

Und dann küsste er mich erneut und ich wünschte mir, dass er niemals damit aufhören würde.

ENDE

Liebe Leserin, lieber Leser ...

ich hoffe, es ist für dich okay, wenn ich dich einfach duze? Immerhin haben wir gerade einige Stunden Lesezeit miteinander verbracht.

Ich freue mich sehr, dass du das Buch gelesen hast. Hat dir die Geschichte von Bad Boss Brandon Cooper und Manu oder auch Mänju, der jungen Frau aus Deutschland, gefallen? Dann wäre es toll, wenn du Lust hättest, eine Rezension zu schreiben. Wenn du dich per Mail bei mir meldest, kommt dein Name in den Lostopf für einen schönen Gewinn.

Gab es etwas zu meckern? Thema Verhütung: Ich gehe davon aus, dass jeder weiß, dass man verhüten sollte, genauso, wie man über Nacht das Smartphone nicht angeschaltet am Kopf liegen lassen oder zu viel Alkohol trinken sollte. Deshalb lasse ich so etwas im Roman weg. Falls du etwas gefunden hast, das dich aufgeregt hat: Dann schreibe es mir bitte. Ich freue mich über Anregungen und Meinungen: **Cleo_Lavalle@yahoo.de**

Falls du gerade wegen des Namens gestutzt hast ... Ich schreibe unter zwei Pseudonymen. Schau doch mal bei der Cleo vorbei. Am Ende des Buches findest du eine Liste mit allen Büchern.

Falls du Lust hast, immer auf dem Laufenden zu bleiben, und wenn du mit mir befreundet sein willst, freue ich mich sehr. Du hast dafür zwei Möglichkeiten:

1. du schickst mir eine Mail: **Cleo_Lavalle@yahoo.de**

2. du schickst mir bei Facebook eine Freundschaftsanfrage.

Entweder an **Anabelle Wildbuch oder an Cleo Lavalle**. Ganz, wie du willst.

Ich *liebe* es, mit meinen LeserInnen in Kontakt zu sein und es wäre toll, auch dich kennenzulernen. Magst du?

Deine Anabelle

Dank

Danke an meine lieben Testleserinnen! Jede von euch hat mir auf ihre Art und Weise geholfen: Claudia Lenger, Steffi Freyer, Babsi Sczepan, Mone, Romina Weber, Ruth Pöß und Christine B. Es ist schön, dass ihr meine Freundinnen seid!

Danke dir, lieber Johannes Zum Winkel, für deine Unterstützung. Ich freue mich schon, wenn mein Buch auf deiner Seite steht: www.xtme.de!

Danke auch an alle meine Facebook-FreundInnen. Ihr macht mein Leben bunter und schöner.

Und nicht zuletzt der wichtigste Dank gilt meinen lieben Leserinnen und Lesern! Ohne euch gäbe es uns AutorInnen nicht.

Weitere Bücher der Autorin

Wer sagt denn, dass es Sünde ist?

War ich die Putzfrau gefloppter Internet-Bekanntschaften, die nach dem Sex den See vor der Dusche beseitigen und nasse Handtücher vom Boden auflesen durfte? War ich nicht mehr wert, als vernascht und nach ein paar Höflichkeitsminuten verlassen zu werden?

Ich warf den nassen Putzlappen wütend in die Ecke und schwor mir: „Das war das letzte Mal, dass mich ein Typ ausgenutzt hat!" Wenn ich schon statt Liebe nur Sex bekam ... dann aber bitte nach meinen Regeln! Genug gegeben, jetzt wird genommen. Die Männer würden mich nun von einer ganz anderen Seite kennen lernen.

Nach diesem Entschluss nahm mein Leben eine Wendung, mit der ich niemals gerechnet hätte ...

Wer sagt denn, dass es Liebe ist?

„Habe ich das von dir verlangt? Habe ich dich etwa gebeten, DAS zu arrangieren?“

Verliebt, verlobt und verrückt aufeinander ... Julian hat Anabelle mit einem Verlobungsring nach Chicago gelockt. Auf romantische Tage folgen Nächte voller Leidenschaft. Doch dann … zwingt er sie, Dinge zu tun, die sie gar nicht will. Sie muss sich entscheiden: seine Lust auf fremde Haut akzeptieren und daran kaputt zu gehen … oder sich aufzurappeln und ihm zu zeigen, dass sie auch anders kann. Ganz anders!

Wird am Ende die Liebe siegen?

Wer sagt denn, dass es Schicksal ist?

„Du wirst es bitter bereuen, wenn du nicht verschwindest!"

Peru. Die Sonne brennt. Anabelle unternimmt die Reise ihres Lebens. Sie ist in Begleitung des gutaussehenden und fähigen Schamanen Carlos. Er soll ihr helfen, Frieden in ihre Seele zu bringen. Stattdessen bringt er Anabelles Gefühle erst richtig durcheinander.

Auf der Suche nach innerer Heilung trifft sie auf die größte Gefahr des Dschungels: Julie. Getrieben von ihrer Eifersucht schreckt diese vor nichts zurück - nicht einmal vor Entführung und Schlimmerem ...

Wird Anabelle heil aus dem Dschungel zurückkehren?

Die Autorin hat als Cleo Lavalle diese Bücher veröffentlicht:

Aller guten Männer sind 3
2 Männer sind auch keine Lösung
1 Mann macht noch keine Liebe
Küss mich, wenn es Liebe ist
Küsse aus Mallorca (Sammelband)
5 Single Millionäre & ICH
4 Single Millionäre & ICH
3 Single Millionäre & ICH
2 Single Millionäre & ICH
5 Single Millionäre & ICH (Sammelband)
Deadly Love - Deine Stimme in mir
Verliebt in einen Mistkerl
Verrückt nach Mr. Impossible
Verführt von Mr. Secret
Als der Prinz aus dem Märchen fiel

Alle Bücher gibt es auch als Printausgabe!

Weihnachtsgrüße meiner Leserinnen

Liliane Wennmacher: Finny ist die große Liebe meines Lebens. Danke Mandy, dass du sie uns geschenkt hast.

Yvonne Maletschek: Ich wünsche meiner Familie und all meinen Freunden schöne Weihnachten und viel Glück und Gesundheit im neuen Jahr. Ich hab euch alle lieb.

Nicole Nadine Schönberg: Wünsche allen Lesern und meinen Eltern wunderschöne Weihnachten. Danke meinen Eltern für alles.

Daniela Müller: Ich grüße meinen Schmucki Thomas. Seit nunmehr einem Jahr machst du mein Leben bunter. Du bist nicht nur mein Partner und mein Liebhaber, sondern auch mein bester Freund geworden. Ich liebe dich von ganzem Herzen und freue mich auf unser 2. gemeinsames Weihnachtsfest.

Nadine Escher: Ich grüße meine Mutti, weil sie die Beste ist.

Tatjana Kreutzberger: Ich kenne nicht so viele Menschen, die so leidenschaftlich gerne lesen wie ich, aber ich wünsche allen Lesern ein schönes Weihnachtsfest.

Bianca Westphal: Mein Lieblingsspruch ist „So long there is live, there is hope."

Susanne Schatz: Ich grüße meine Schwester Eva. Sie ist die beste kleine Schwester und Freundin, die man sich wünschen kann.

Michaela Theede: Ich danke meinen Süßen - Astrid, Ramona und Maya - für ihre Freundschaft und Geduld mit mir. Danke, eure Ela.

Sandra Steiner: Grüße an alle Leseratten da draußen und insbesondere an unsere Büchertratsch-gruppe. Auf viele weitere fesselnde Buchseiten.

Susanne Rumpel: Grüße an alle Bücherwürmer. Bleibt eurer Leidenschaft treu. Jedes Buch verdient seine Leser.

Daina Koll: Ich möchte alle Bücherwürmchen grüßen, die dieses Buch lesen und wünsche schöne Weihnachten und viele Büchergeschenke.

Nathalie Eirich: Ich grüße meine Kinder Sophie und Felix, die ich über alles liebe.

Marina Schreiber: Ich grüße meine kleine Crew Nina, Svenja und Mirko, alias die besten Freunde.

Claudia Lenger: Liebe Nicole und liebe Insa ... ihr seid nicht nur die besten Arbeitskolleginnen, die man sich wünschen kann, sondern auch zwei meiner Lieblingsmenschen. Schön, dass es euch gibt.

Luise Hoffmann: Pauline, ich hab dich lieb, große Schwester.

Saskia Schumacher-Wieprecht: An alle meine Lieben: schöne Weihnachten.

Astrid Stegbauer: Matthias, du bist der beste und tollste Ehemann der Welt. Danke, dass du immer für mich da bist.

Ruth Pöß: Ich grüße meine Familie, die ich über alles liebe! Ihr seid das Beste, das mir je passiert ist.

Heidi Berndt: Für meine Schwester ... Renate, danke für dein immer offenes Ohr für mich.

Monique Knoll: Ich grüße meine liebsten Schwestern Jenni und Vivi und wünsche uns allen ein ereignisreiches neues Jahr.

Deana Sulzberger: Hallo Liliane, dacht ich mir doch, dass Du schon wieder schmökerst ... Schöne Weihnachten für Dich und den Kater.

Yvonne Fritz: Du bist mein Retter. Du tust mir gut. Ich liebe dich, Thorsten, und freu mich auf unsere gemeinsame Zukunft. Dein Engel

Kristina Maria Quoos: Der Mensch ist am wenigsten er selbst, solange er sein Gesicht zeigt. Gib ihm eine Maske und er wird dir die Wahrheit sagen. *Oscar Wild*

Jasmin B-I Mair: Liebe Lea, Christine und Tommy: Danke, dass ich euch gefunden habe.

Romina Weber: Ich möchte ganz herzlich meinen Mann Phil und meine Kinder Paul & Marla grüßen. Ich liebe euch. Ein riesen Dank auch an Anabelle, für diese tolle Idee und einen Gruß an mein Rewe-Team in Bad Laasphe.

Manu Krähmer: Ich grüße alle Cleo Fan Girl's.

Jenny Berger: Ich danke dir für deine tollen Bücher und hoffe, euch Lesern hat das Buch gefallen.

Julia Eberle: Liebe Sani, Steffi, Jessy und Jess, ich bin so froh, euch kennengelernt zu haben. Mit euch kann ich Pferde stehlen und wir haben immer was zu lachen. Ich hoffe, das wir es irgendwann mal schaffen, uns alle zu treffen.

Janet Netti: Ich grüße meine Tochter Michelle: Ich habe dich ganz doll lieb.

Lena-Sophie: Liebes Cousinchen, ich freue mich riesig, dass wir ein neues Mitglied in der Familie haben und ich weiß, dass das Baby eine zauberhafte Mama und einen tollen Papa bekommt.

Astrid Wirger: Meine Grüße gehen an meine so tollen Hundeschüler aus der Hundeschule Doghouse: Euch allen eine besinnliche Weihnachtszeit.

Carolina Von der Weth: Möge das neue Jahr mindestens so gut werden wie das abschließende.

Petra Braun: Ich grüße meinen Mann Uwe und meine Kinder Sarah, Julia und Kevin.

Steffi Hampel: Ich schicke liebe Grüße an meinen Schatz Falk. Am 21.12.17 jährt sich unsere Liebe nun schon zum 11. Mal. Ich liebe dich.

Steffi Freyer: Mein Gruß geht an meinen einzig wahren Dom: DU bist es - für jetzt und immer.

Lea Prahm: Danke, dass es euch gibt, Sarah Winkle, Jasmin B-I Mair und Ulrike Ritter.

26553657R00108

Printed in Poland
by Amazon Fulfillment
Poland Sp. z o.o., Wrocław